ド田舎出身の芋令嬢、なぜか公爵に溺愛される

千堂みくま

ビーズログ文庫

イラスト／ゆき哉

アレクセイラス・
ルーチェ・フェロウズ
シュレーゲン公爵で、
聖騎士団の団長を務める。
非常に整った顔立ちをしており、
騎士としての実力も高い。
春装祭にモデルとして出演したヴィヴィに
一目惚れをし溺愛してくるが、
どうやら深い理由があるようで……？
ド田舎出身の芋令嬢、なぜか公爵に溺愛される
ヴィヴィアン・グレニスター
地方を治めるレカニア男爵家の長女。
貧乏貴族なので
家族の服を縫っていたため裁縫が得意。
ド田舎で育ったせいかセンスが壊滅的だが、
本人にその自覚はない。
家族思いな性格で、弟の入学資金を稼ぐため
王都へ出稼ぎにいくことを決める。

Character

ルシャーナ・ルーチェ・エバンス

マーカム公爵家の令嬢で聖女。
儚げな雰囲気を持つ美少女。
非常にプライドが高く、ヴィヴィを敵対視している。

クラリーネ・ルーチェ・バルトリー

教会の大聖女。

神官と聖女を束ねる最高責任者らしく、思慮深い性格。奇跡のような魔法を使うと国中で噂になっている。

カルロス・ルーチェ・ハートラント

アレクの従者であり、聖騎士。
幼少期からアレクとは仲が良く、良き理解者でもある。

エマニュエル・ルーチェ・バルトリー

クラリーネの娘で聖女。ヴィヴィアンの教育係。
明るい性格でヴィヴィアンと打ち解け友人となる。
実は既婚者。

プロローグ

　青空が広がる四番月の王都キトドに、わあっと歓声が響き渡る。

　今日は年に一度の春装祭だ。国を挙げての大規模なお祭りで、王都の中心に位置するサンタルク広場を使ったファッションショーが、三日間の日程で開催されている。

（はあ、緊張してきた……。私の出番ってもうすぐかな）

　私、ヴィヴィアン・グレニスターは、広場の隅に設けられた天幕の中でドレスに着替え、ちょこんと椅子に座っていた。

　着ているドレスは深紅と黒を基調にした色っぽいドレスだ。胸元からウエスト、脚へとまるで茨が巻きつくように、深紅の薔薇のモチーフが咲き誇っている。

　それに合わせて赤みの強い髪は大人の女性らしく結い上げ、普段スッピンの顔にはしっかりメイクしていた。まだ十七歳になったばかりだけど、それよりずっと大人びて見える。

　なのに鏡に映る青緑色の瞳は、自信なさそうに忙しなく動いていた。

「何をそわそわしてんだい。まさか怖気づいたりしてないだろうね？　普段は無駄に元気なあんたらしくもない」

話しかけられて振り向くと、ドレス工房の店長であるライラさんが腰に手を当てて私を見下ろしていた。

美魔女でスタイル抜群のライラさんは、まるで女王様みたいに堂々としている。

「て、店長……そりゃそわそわしますよ。だってモデルなんて初めてですもん」

田舎から出稼ぎのために王都に来たのが、半年前の十番月。ライラさんの工房でお針子として働いてたけど、まさか自分がモデルになるとは想像もしてなかった。

「こんなに素敵な最新のドレスを着れて、すっごく嬉しいんです。でも着慣れてないから、本当に似合ってるのか心配で……。しかも今日って最終日でしょ？　大勢の観客の前で、裾ふんでコケちゃったらどうしよう！」

「あんた元がいいんだから、もっと自信持ちなよ。メイクも完璧だし今のヴィヴィは誰が見ても美人だ。それにね、春装祭はあんたにとっちゃいい勉強の機会だろ？　あんたお針子としての腕はいいのに、服のデザインがどうも芋っぽいんだよねぇ」

「うぐっ……！」

（そこは『芋っぽい』じゃなくて、『丈夫で動きやすそう』って言ってくださいよぉぉ）

春装祭の準備に取り掛かる数ヶ月前、ライラさんはお針子たちにデザイン画を一人一点提出するように言ったのだ。

出来がよければ金一封とのことで私もノリノリで提出したけど、ライラさんの「ダサッ！　なんか野良着っぽい！」の言葉で撃沈した。

(まあ仕方ないわよね。王都みたいな大都会と牛だらけの私の故郷じゃ、きっとオシャレの種類が違うのよ。私は動きやすいシンプルな服を目指してるけど、それは王都では流行らないデザイン……なんだわ、多分)

自分を納得させていると、周囲の様子を窺っていたライラさんが振り返って言った。

「そろそろ出番だね。手当はちゃんと出すから、あんたも弟のために頑張ってきな」

「はい！」

そうだった。私がモデルになることを了承したのは、臨時手当が出るからなのだ。

(余計なこと考えてる場合じゃないわ。待っててね、お父様、クリス。今回の手当をもらえれば、入学金は払えるはずだから！)

父は一応男爵なんだけど、諸事情によりグレニスター家の経済事情は逼迫している。

弟のクリスを貴族が通う学校に行かせるには、私がお金を稼ぐしかない。

(とにかくお金よ！　この仕事が終わったら、札束が私を待っている！)

お金に対する熱い情熱を胸に、天幕を出てランウェイに繋がる階段をのぼる。春装祭に合わせて石畳の上に仮設された、モデルのための舞台だ。

最上段のカーテンに身を隠していると、私の出番がやってきた。

「さあ、行くわよ……！」

小声で自分に言い聞かせ、一つ深呼吸して歩き出す。ランウェイに登場した途端、会場中の視線が私に向けられて少し怯みそうになったけど、お金への執念で足を動かす。

しばらく歩いていると不思議と緊張もほぐれて、周囲を見渡す余裕が出てきた。

（すごい警備ね。国中の貴族が集まってるんだから、当然だろうけど）

春装祭には国内有数のドレス工房が参加する。王侯貴族はショーで気に入ったドレスを注文するし、一般人も観覧可能なため、遠方からわざわざ見に来る人も多いのだ。

ランウェイから少し離れた場所に見物席が設けられ、王族と貴族はそこから優雅にショーを眺めている。彼らの周囲は王宮騎士団がガッチリと警備していて、一般人が入り込む隙間はない。

とは言え、一般人の興味はむしろランウェイの周囲に立つ、白い騎士服の聖騎士たちに向けられているようだった。

（皆、憧れの人を見るような目で聖騎士を見てるわ。……それはそうか、神聖力を持ってる聖職者は国の英雄だもんね）

神聖力という特別な力を持って生まれた人は、神官や聖女、聖騎士となる。

彼らは聖職者と呼ばれ、怪我を魔法で回復させたり普通の人間では太刀打ちできない魔物を討伐したりする。私たちのような一般人からすると、まさにヒーローのような存在だ。

特に聖騎士は顔のいい男性が揃っているから、彼らの近くにいる若い女性たちは、ショーそっちのけで聖騎士ばかり見ているようだった。

（あ、こっちに手を振ってる人がいるわ）

着飾ったモデルを熱心に見ているのは貴族と若い男性たちだ。モデルは工房から依頼された平民の女性が多く、このショーで男性の心を射止めて結婚に繋がることもあるらしい。

（手を振ってくれたってことは、今の私は綺麗に見えるってことだよね？）

故郷は田舎すぎて出会いがないし、普段は工房の奥で縫い物ばかりしているせいか、私は男性からモテたことがない。

嬉しくなって口元を緩ませながら歩いているうちに、ランウェイの先端が見えてきた。ターンしようとした瞬間、先端付近に立っていた一人の聖騎士と視線がバチッと合う。

「う、わ……」

思わず声が出てしまった。それぐらい、その聖騎士のお顔が素晴らしい。

（すごい美形！　背も高いし、何を着ても似合いそうだわ。フロックコートでも燕尾服でも……）

さらりと揺れる髪は艶やかな漆黒。瞳はラピスラズリみたいな深い青で、涼しげな目元を際立たせている。騎士というと精悍な顔立ちの人が多いけど、この人は王子様のように綺麗な顔だ。

かといって女性っぽいわけではなく、高い鼻やキリッとした眉からは男性特有の凛々しさを感じる。

（こんなに顔が整った人、初めて見た。…………ん？）

驚いてるのは私だけかと思いきや、その聖騎士もまじまじと私の顔を凝視している。何かに驚いたように目は見開かれ、唇はかすかに震えているような。

（私を見て驚いてる……わけないよね。この人と私は初対面だし）

気にせず引き返そうとした、瞬間。

「見つけた」

その聖騎士の呟きが、風に乗って私の耳に届いた。

「……っ⁉」

全身の毛がぶわっと逆立ち、気づいた時には逃げるようにランウェイを引き返していた。心臓がドッドッと激しく脈打って、背中には冷たい汗が流れている。

（いっ今の何⁉　私を見て言ったの⁉　いやいやいや、気のせいでしょ！　だって私、聖騎士に追われるような悪いこと何もしてないし！　…………してない、はず……）

ドレスをたくし上げて、息を切らしながら天幕の中に入った。でも忘れよう、気のせいだと思い込もうとしても、あの「見つけた」が頭から離れない。全身に嫌な汗がじわじわと滲んでいる。

（もしもの話だけど……冤罪とかで捕まったら、私はどうなるの？　いつか釈放されるとしても、しばらくは働けなくなるよね？）

働けないなら、実家に仕送りもできない。クリスは学校に行けず、グレニスター家は没落したという噂が広まってしまう。

「それだけじゃないわ。家族が捕まるってだけで、貴族にとってはとんでもない醜聞でしょ。そんなの絶対に駄目……！」

呟いた時ちょうどショーが終わった。ライラさんに「芋っぽい」と突っ込みを受けた自作の服に着替え、鞄を持って先輩たちに頭を下げる。

「お疲れさまでした！　すみません、急な用事ができたのでお先に失礼します！」

「ちょっと、何を慌ててんだい。これから打ち上げに行こうって話してたのに」

（‼　う、打ち上げ⁉）

それはつまり、店長の奢りでご飯が食べられるチャンスということなのでは。

でも今は、それよりも……。

「っい、行きたい、ですけどっ……どうしても、のっぴきならない事情が」

「泣いてるじゃないか！　本当にどうしたんだい？　――ちょっと、ヴィヴィ！」

「すみません！」

後ろ髪引かれる思いで天幕の出口を目指す。

（ああ、せっかくのライラさんの奢りが！　食べたかった！　本当は食べたかった‼）

でも今はとにかく、没落の危機を脱(だつ)しなければ。あの聖騎士には絶対に会いたくない。

かなり焦(あせ)っていたせいか、天幕を出たところで誰かとぶつかってしまう。

「あ、すみません」

「いえ、こちらこそ……ぎえっ⁉」

なんて良(い)いお声かしらと顔を上げたら、あのやたら顔のいい聖騎士が目の前にいた。至近距離(きょり)で見上げると本当に作り物のように整った顔だ。

数秒間ぼーっとしてから、ハッと我に返る。

(ボケっとしてる場合じゃない！　逃げるのよ、没落の危機よ！)

「い、急いでるので……！」

「ちょうどよかった。きみを探してたんだ」

立ち去ろうとした私に、その聖騎士が言った。きらきらと輝(かがや)くような笑顔(えがお)で、心底嬉しそうに。彼の端正(たんせい)な顔に見とれた女性がきゃあっと声を上げながら周囲に集まってきて、動けなくなってしまう。

(に、逃げるチャンスが……)

ごめんなさい。お父様、クリス。

私の脳内では、家族に向けた謝罪が延々と繰(く)り返されていた。

第一章

私の故郷レカニアは、フラトンの南端付近に位置している。フラトンという国自体が大陸から南の海に向かって突き出すような形で、王都は北部にあるから、レカニアは王都よりも海の方が近かった。

広がるのは牧草だらけの素朴でのどかな風景。そして草を食べる牛。道路は大きな街のように石で舗装されておらず、土がむき出しの状態だ。

草と牛が全てのような貧しい土地だけど、グレニスター男爵家が今のようにどん底の貧乏になったのは祖父の代からだった。

「ただいま、お父様。お使い行ってきたわよ」

十番月の上旬、私はレカニアの領主である父に頼まれて、隣の領地に書類を届けに行っていた。

馬に乗って家に戻ると屋根の上に父の姿がある。すでに領地の見回りは終わって、雨漏りする部分の修理をしていたようだ。

うちの家はそこそこ広いけどボロすぎて、何度直してもどこかが雨漏りする。領主自ら危険な屋根の修理をしているのは、業者に頼むお金がないからだ。

父は私に手を振ってから、はしごを使って地面に下りてきた。

「すまんな、ヴィヴィ。助かったよ。……ところでお前、またそんな奇天烈な服で隣の街へ行ったのかい？」

「いいでしょ、すごく動きやすいんだもの。これなら馬にもすぐ乗れるのよ」

私が着ているのは、シャツとスカートというごくありふれた服装だった。

でもスカートは少し特殊で、一見するとスカートみたいだけど、内部はズボンのように二つに分かれている。特に乗馬する時に重宝する服だ。

機能性重視で作ったスカートだから王都で流行している服ほど洗練されてないけど、シンプルなデザインは自分でも気に入っている。これなら農作業だって可能なのだ。

（やっぱりこの服を作ってよかった。これならズボンよりは可愛いし、すごく動きやすいもんね）

我が家はお金に余裕がないから、使用人を何人も雇うことはできない。母は五年前に病で亡くなり、お手伝いさんは近所に住むマリーさん一人だけ。

仕立て屋を呼べるわけもなく、家族の服は自然と私が作るようになった。でも仕事というよりは趣味に近いかもしれない。

素人ながらデザインを考えるのは楽しいし、私は洋裁が好きだ。

「お父様は不満そうだけど、こんな田舎でひらひらのドレスを着たってしょうがないでしょ。見てるのは牛だけなのに」

「そ、そうかもしれんが……。年頃の貴族の娘がオシャレもせずに、馬にまたがってかっ飛ばすなんて……」

何か言っている父はほっといて家に入ると、マリーさんが厨房で野菜を洗っていた。

「お嬢様、おかえりなさいませ。ゴドーさんからハンカチのお礼に、ジャガイモをいただきましたよ」

「ああ、魔物よけのハンカチのお礼ね。じゃあ今夜はポテトグラタンにしましょうか」

なぜかはよく分からないけど、私が縫ったものには魔物が嫌がって近づかないという効果がある。これに気づいたのは、弟のクリスが森の禁域に入った時だった。

レカニアの森の奥には大人の背丈ほどもある柵が張り巡らされていて、その向こう側は禁域と呼ばれている。魔物が出るから一般人はそこに入れない。

クリスは面白半分で柵をよじ登って禁域に入り、魔物に遭遇してしまった。ヘルハウンドという大きな犬のような魔物だったけど、なぜかクリスから一定の距離をあけてウロウロするだけだったらしい。

巡回中の聖騎士が魔物を倒し、クリスを家まで送り届けてくれた。その日以来、クリスが無事だったのは私が縫った服のお陰では？　――という噂が領内に広がった。

クリスは手ぶらだったので、身につけていたのは服ぐらいのものだったのだ。

「でも私が縫ったものって、ずっと効果があるわけじゃないのよね。大型の魔物には効かないみたいだし。聖職者の加護みたいなすごい力なら、どんな魔物にも効いたのかしら」

「ゴドーさんなら大丈夫ですよ。ずっとレカニアに住んでますから、そのあたりの事情は知ってるはずですもの」

あれから三年がたち、私の魔物よけの効果も色々と分かることが増えてきた。効果は三ヶ月ぐらいで切れるとか、ゴーレムみたいな大型の強い魔物には効かないようだとか。

炭焼きなどの職についている人はどうしても森に行く必要があるし、魔物は柵を越えて街に侵入することもある。

そのため今でも私に縫い物の依頼が来るのだった。

「レカニアで魔物に襲われる人が減ったのは、きっとお嬢様のお陰ですよ」

「そうだといいけど……。私も子どもの時に魔物に追いかけられたことがあるけど、ここ数年は領内でほとんど魔物を見なくなったわ。誰かの役に立って、しかもお芋までもらえちゃうなんて幸せよね」

「ただいまー」

料理ができあがる頃、クリスが帰ってきた。今日の仕事を終えたマリーさんを玄関まで見送って、家族三人で夕食にする。

「またグラタンかぁ。僕、お肉が食べたかったな」

まだ十歳のクリスは領地の子どもたちと外で遊んできたようで、頬に乾いた泥がついている。それを布巾で拭いてやりながら、しょうがないでしょ、と諭した。

「うちには毎日お肉を買うような余裕はないのよ。そのかわり牛乳とチーズは食べ放題！最高でしょ」

「おいしいけど、何日も続くと飽きちゃうんだよ。あーあ、うちにもっとお金があったらな」

父は気まずいのか、ずっと黙ったままスプーンを口に運んでいる。

「お祖父様が、せめてもうちょっとお金を残してくれたらよかったんだけどね……」

祖父は貴族らしい豪勢な暮らしをしたがる人だった。見栄っ張りな性格で、家の増改築を繰り返した結果、グレニスター家のわずかな貯蓄は底をついたのだ。

「お祖父様が亡くなったのってずっと前でしょ。ねえ、父様。どうしてうちは貧乏なの？これでも一応、貴族なんだよね？」

クリスの真っすぐな問い掛けに、父が「ゲホッ」とむせている。

祖父を見て育った父は、ああはなるまいと固く心に誓ったらしい。無駄遣いはせず、慎ましい暮らしを続けてきた。しかしそれですぐに回復するほど、グレニスター家の貧乏は甘くなかった。

レカニアの主な収入源は酪農しかないから、微々たるものだ。もし祖父が生きていたら貴族らしい傲慢さで税金を上げ、新たな事業を起こしていたのかもしれない。でも人柄のいい父には、そんな身勝手で横暴なことはできなかったのだ。

「駄目よ、クリス。人のいいお父様には、税収を上げるような非道な行いはできないの」

「じゃあずっと貧乏決定？　今のままだと、僕は貴族なら誰でも入る学校にも行けないんでしょ。そうなったら貴族やめて、酪農家にでもなろうかな。その方がお金になるかも」

「やめてくれぇ……！　耳が、耳が痛い……！」

とうとう父が耳を押さえて呻き出したので、私は小さく咳払いした。

今こそあの話をするチャンスだ。

「安心して、二人とも。今日ね、隣の領地ですっごくいい話を聞いてきたの。来年の春に王都で春装祭があるでしょ？　それでドレス工房がお針子を募集してるんですって。私、王都に行ってお金を稼いでくるわ！」

任せなさい、と胸を叩いて言い放った。二人は目を点にしている。

「えーっと……それってつまり、出稼ぎだよね。姉様、王都に行ったことあるの？」

「ないわよ。でも今から稼がないと、クリスの二年後の入学に間に合わないでしょ。私は学校に通わせてもらったし、クリスも行った方がいいわ。学校に行かない貴族なんて、世間から没落したと思われちゃうわよ」

フラトンの貴族は十二歳になると、国内各地にある貴族向けの学校に三年間通う。貴族と裕福な商人の子なら、全員が通うといっても過言ではない。

その状況でグレニスター家の子どもだけが学校に行かないなんて、世間に対して「うちは没落してます」と公言するようなものだ。

父がかなり無理をして私を学校に行かせたのも、それが理由だった。

「やめるんだヴィヴィ、王都は危険だ！　レカニアとは比べものにならないぐらい、人間がうじゃうじゃいるんだぞ。その中には変な奴だってまざってるだろう。だいたい貴族の娘が出稼ぎなんて……」

しばらく放心状態にあった父が、慌てた様子で叫んでいる。

「お父様、心配しすぎよ。王都って王宮騎士団と聖騎士団が守ってるんだから、危険なことなんてないわよ。それにね、ちゃんとお針子用の寮もあるみたいなの。築五十年でかなりボロいって注意書きはあったけど……身一つで行けるのよ！」

「騎士団……聖騎士……」

ハッとして、何か考え込むように顎に手を当てる父。その横ではクリスが「いいんじゃない？」と、なぜかワクワクした表情だ。

「姉様は洋裁が得意だもんね。それにこんな田舎じゃ出会いなんてないし、働くついでに王都でカッコいい義理のお兄さんを見つけてきてよ！」

「はあ？　あのね、私はお金を稼ぐために行くのであって」

「いや、それは名案かもしれんぞ。ヴィヴィはセシルに似て美人だから、きっと騎士の誰かに見初められるに違いない！　もしかしたら、聖騎士が家族になるかもしれないな」

「お、お父様……」

夢を見すぎじゃないだろうか。父にとっては母が絶世の美女だったんだろうけど、だからといって母似の私が聖騎士に見初められる確率はほぼゼロに近い。

(聖騎士って、フラトン全体で七十人ぐらいしかいないのよ。そんな超がつくエリートが、ド田舎の貧乏娘を選ぶわけがないわ)

グレニスター家は貴族なのに、花嫁の持参金も用意できないのだ。私を娶るメリットなんて何もない。

でもそれを言ったら出稼ぎに行けそうな空気を壊しそうだし、儚い夢を見ている父もそっとしてあげたかったので、私はにこりと微笑んだ。

「任せといて。出稼ぎのついでに、カッコいい旦那さんも探してくるわ！」

父は拍手喝采し、クリスは楽しみにしてるよと笑った。

夜になって寝台を整えていると、湯浴みを終えたクリスが子ども部屋に入ってくる。

「王都って、聖女とかもたくさんいるんでしょ？　いわゆる聖職者って人たち」

ベッドに横になったクリスが、どこか楽しそうな口調で呟いた。

「聖職者ってさ、魔法を使えるって聞いたことあるよ。手から火を出したりするのかな？　あー、僕も見てみたいなぁ」

「火なんか出さないはずよ。学校の授業で少し聞いたけど、聖職者が使うのって神聖魔法って言うらしいわ。誰かの怪我を治すとか、特別な時にだけ使うみたいよ」

「ちぇ、つまんないの。姉様、聖職者たちのことで何か分かったら手紙で教えてよ。あの人たちって滅多に会えないから興味あるんだ。皆のヒーローだもんね」

「分かったわ、手紙を書くって約束する。魔物よけグッズもついでに送るから、領民の人たちに配っておいてね。さあ、今日はもう寝なさい」

クリスが約束だよと呟いて目を閉じる。私も湯浴みをして、期待と少しの不安を胸に眠った。まさか半年後の王都で、自分が聖騎士に追われる羽目になるとは夢にも思わずに。

数日後に王都へ旅立った時も、私の頭の中はお金を稼ぐことでいっぱいだったのだ。

それから半年がたち、今に至る。

（どうしてこんなことになったのかな……）

石畳の道路の上を、黒塗りの立派な馬車がゴトゴトと音を立てて進む。その馬車の座席で、私は遠い目をしながら窓の外を眺めていた。向かい側の席は空いている。

なぜかと言えば、馬車の持ち主が私の隣に座っているからだ。すぐ横から顔に穴が空きそうなほど、じいっと私を見つめる強い視線を感じる。

こんなに大きな馬車で、わざわざ私の隣に座る理由って、なんでしょうか。

（雑念は捨てるのよ。今は商談！）

「公爵様。本日はライラの工房をご指名くださり、ありがとうございます」

営業用の笑顔で隣の男性に話しかけると、ぱあっと周囲が明るくなったように感じた。

「ああ、やっとこっちを見てくれた。俺のことは公爵じゃなくて、アレクと呼んでほしいな」

（うっ、眩しい……！）

公爵様の後ろに、色とりどりの大輪の花が咲き乱れている。そんな幻覚が見えてしまうような完璧な笑顔だ。でもなぜか……完璧すぎるせいなのか、『作ってる』感じがする。

（確かに見とれるような笑顔なんだけどね。腹に何か隠し持ってるような感じが、じわ～っと伝わってくるのよ）

うまい話ほど裏があり、タダほど怖いものはない。十七年間の貧乏生活で私はかなり慎重になっていた。脳裏に『この笑顔には何か裏がありそうだ』と警告が鳴り響いている。

聖騎士は自分を犠牲にしても民衆を助けるような、誠実な人物ばかりだと評判だ。だからこそヒーローのように崇拝されているわけだけど、この公爵様は表の顔だけが全てではないかもしれない。

「俺の名はアレクセイラス・ルーチェ・フェロウズというんだ。長いからアレクでいいよ。年齢は二十四。きみは十七歳と聞いたから、俺とは七つ違いだね」

「そ、そうですね」

「ヴィヴィアン。きみのことをヴィヴィと呼んでもいい？　何度も呼びたくなるような可愛い名前だ」

「…………どうぞ」

（初対面で愛称呼びするんかい！　……って言いたい。でも、お客様の機嫌を損ねるようなことしたくないし）

そうなのだ。このアレクと名乗った聖騎士は、私にとってお客様になったのだ。

天幕で彼にぶつかったあと、私たちに気づいたライラさんが驚いた様子で「おやまぁ、公爵様！　うちのモデルに何かご用ですか？」と言ったのがキッカケだった。

公爵――こんな若い人が？　この人が貴族の頂点？　本当に？

驚いて逃げることも忘れてしまった。

私は田舎者だし、社交デビューなんてする余裕もなかったので、公爵がいかに偉いのかはよく分からない。

公爵から伯爵までの上位貴族が王都に屋敷を持っていることは知ってたけど、彼らが住むのは上層と呼ばれる特別な地域だ。

上層にいるのは王族と上位貴族、そして聖職者だけ。安っぽい服を着た一般人が用もなく上層をうろついていたら、王宮騎士団から職務質問されてしまう。

ライラさんの工房は中層にあるし、お針子用の寮は下層にあるから、私は上位貴族たちの名前も顔もあまり覚えていなかった。

(公爵でもお金持ちとは限らないわよね。男爵なのに、うちみたいな貧乏貴族もいるわけだし)

私にとって重要なのは、『お金を持っているかどうか』。爵位はあてにならない。

そう思って冷めた目で公爵様を眺めていたら、彼はなんと私を指し示し、「このモデルさんと話がしたい」とライラさんに言ったのだ。

ライラさんは大喜びで了承した。

目が死んでいる私に彼女はすかさず接近し、「この方は公爵で、しかも聖騎士団の団長でもあるんだよ。間違いなくお金持ちだ。仕事をもぎ取っておいで」とこそっと耳打ちしたのだった。

仕事――イコールお金！

その二つが直結してしまう自分の思考回路を、この時ほど嘆いたことはない。自分が聖騎士に誤認逮捕されてしまうかも、という危機感はどこかへ吹っ飛んでしまった。

そして私はライラさんに促されるがままに、この公爵様が用意した馬車に乗り込み……今の状況だ。

（ライラさんは、私の扱いをよく分かってるんだよね。まあそれはいいとして……。この公爵様については、気になることが多すぎるわ）

公爵様が用意していた馬車に乗り込む時、カルロスと名乗る聖騎士の側近もいて、私の顔を見るなり「よかったぁ～」と小さな声で呟いたのだ。

（あれはどういう意味だったんだろ。私を無事に捕まえたから？　でも馬車は聖騎士団の本部に向かってないんだよね）

馬車は上層へ入ったけど、貴族の邸宅が並ぶエリアに向かっている。つまり私は、何かをしでかして逮捕されたわけではないのだ。

この公爵様が私を呼んだのは、ショーで見た薔薇のドレスを気に入ったから……と考えるのが自然だろう。好きな女性に贈るつもりなのかもしれない。

色々と気になるけど、もうさっさと仕事をしよう。

「さっそくですが、アレク様がお望みのドレスはどういったデザインでしょうか。私がショーで着ていた薔薇のドレスですか？」

「いや、用があるのはドレスじゃないんだ」

そこで言葉を切り、私の顔を覗き込むようにぐっと近寄ってくる。宝石みたいな青紫色の瞳に吸い込まれそうで、私は思わず呼吸をとめた。

（ひ、ひい。近い……）

「きみに一目惚れした。一緒に食事をしたくて呼んだんだよ」

「…………」

とても色っぽい声で言ってくれたけど、私はスンっと真顔になった。

（ますます胡散臭くなったわ。公爵で、しかも聖騎士団の団長が、初対面の私に一目惚れ？……ないわ）

天幕の中で自己紹介したから、私が地方の下位貴族の娘だということは分かったはずだ。

この人の立場なら令嬢は誰でも選びたい放題なわけで、出稼ぎをするような貧乏令嬢をわざわざ選ぶ理由なんかない。

「そのジトッとした目……俺の告白を信じてないみたいだな。せっかく勇気を出して本心を伝えたのに」

「面白い冗談でした。それで、ドレスのことですけど」

「ははっ、冗談にされてしまった。ヴィヴィは全然物怖じしないんだな。話すのがとても楽しい」

本当に楽しいようで、くくっと笑っている。

（あのー、商談を進めたいんですけど。ドレスが欲しいんじゃないの？）

どうしたものかと考えているうちに、馬車は大きな門をくぐったようだ。どこかに着いたらしい。

でも敷地に入ったはずなのに、窓から見えるのは樹木ばかりだった。

「ここはどこですか。公園？」

「俺の屋敷だよ。もうすぐ玄関が見えてくるはずだ」

（ここが敷地内？　じゃあこの森みたいな場所は庭ってこと？）

まさかそんなと思っていたら、本当に大きな屋敷が見えてきた。私からするとほとんどお城のような、巨大な豪邸だ。

玄関の前で馬車がとまった。アレク様が先に降りて、ぽかんとしている私に手を差し出している。

ハッと我に返ってその手を握ろうとした時、玄関の大扉が開いてメイド服を着た女性が出てきた。

「旦那様、お帰りなさいませ。大聖女様がおみえになっております」

（えっ、大聖女様⁉）

「は？　なんでクラリーネがここに……」

アレク様はなぜか愕然としている。

大聖女様といえば、神官と聖女を束ねる教会の最高責任者だ。今代の大聖女様は奇跡のような魔法を使うと国中で噂になっていて、クリスの憧れの人でもある。

弟があんまり凄いスゴイと熱弁を振るうので、実は私もこっそり大聖女様にお目にかかってみたいと思っていたのだ。

「私も大聖女様のご尊顔を………わっ、何？」

しかし馬車から出た途端、視界が真っ暗になる。

「少し風が出てきたみたいだな。寒いだろうから、マントを貸してあげるよ」

「寒くなんかないです！」

アレク様が私をマントで包んだのだ。何も見えなくてジタバタしてると、急に体がふわっと浮かんで足が地面から離れる。

「ごめん。少しじっとしてて」

（えっ⁉　まさか横抱き⁉）

人生初のお姫様抱っこ。こんな美形に抱っこされたんだから、本来なら感激にむせび泣くところなんだろう。

でも今の私はミーハーな気持ちが勝っていて、とにかく大聖女様のお顔が見たかった。

（どうして今、マント包みにする必要があるのよ！　わぁん、大聖女様……）

「明日からの巡回ルートのことで、訊きたいことがあるんですよ。あら、そちらの方は？」

マントの中でべそをかいてたら、玄関から落ち着いた女性の声が聞こえてくる。大聖女様の声かと思い、私は必死にマントの合わせ目から外を覗いた。

開いた扉の前に、黒い服のメイドと白くて裾の長い衣装を着た女性が立っている。

（あの方が大聖女様？）

年齢は五十から六十の間だろうか。芯の強そうなキリッとした顔立ちで、髪はきっちりと結い上げている。

でも今はなぜか、少し驚いた表情だ。私の顔――というより、マントを見ているような？

「カルロス、頼む」

アレク様の声がして、馬車の座席に大事な荷物のようにおろされた。大きな手が私の頭を優しく撫でて、馬車の扉を閉める。

「……何、今の。ああ、玄関が遠ざかる……」

馬車はなぜか玄関を素通りして、裏手の方へ進んでいく。窓から大聖女様とアレク様が何か話している様子が見えた。

しばらくして裏門のような場所になり、また馬車の扉が開かれる。

「すみません、ヴィヴィアン様。諸事情により裏門から入ることになってしまいました」

「別にいいですよ。気にしないでください」

一般人には聞かせたくない話でもあったんだろう。

私をマント包みにした時はちょっとムッとしたけど、アレク様が大切そうに私の頭を撫でたから……びっくりして、怒り(いか)はどこかへ消えてしまった。

カルロスという従者の手を取って馬車を降りる。

「あの、カルロス様」

「僕のことはどうぞ、カルロス君とお呼びください。その方がしっくりくるので」

どう見ても私より年上で、しかも聖騎士というエリートなのに『君』呼び？

でも本人がしっくりくると言うぐらいだから、普段(ふだん)から他の人に『君』で呼ばれてるんだろうか。

「じゃあ、カルロス君。大聖女様ってどんな方ですか？」

カルロス君は裏手にある出口から屋敷に入り、私を案内するように先を歩いていく。

「生粋(きっすい)の聖女という感じの方ですね。正義感が強くて、お優しいところもあります。いつも民(たみ)のためを思って仕事をされてますから、聖職者たちからの人望も厚いですよ」

「……そうですか。素晴(すば)らしい方なんですね」

（じゃあさっきはなんで、大聖女様から私を隠すようなことしたんだろ？　よく分からな

いわ）

私にマントを被せて隠したのは、大聖女様がものすごく厳しい性格の方で、礼儀を欠いた私の態度が問題になるからかと思っていた。でもカルロス君の話からは、そんな印象を受けない。

しばらく廊下を進み、応接間のような広い部屋に通された。窓から少しずつ藍色に変化していく空が見える。もう日が落ちたようだ。

どうぞと言われて椅子に座ると、ちょうどよくアレク様が部屋に入ってきた。

「待たせてごめん。カルロス、夕食を用意してくれ」

カルロス君が明るく「はい」と返事をして、食事が載ったカートを引いてくる。もう一見して高いと分かる上質なお肉。十七年間の人生で初めて出会う、高級食材を使った豪勢な料理。

（打ち上げには行けなかったけど、この料理には大満足だわ。ありがとう神様！）

噛みしめて食べる。一口食べるごとにじぃんと感動が胸に広がり、視界がぼやけそうになった。とても……とてもおいしい！

「食べながらでいいから聞いて。きみに提案があるんだ」

「………はい。なんでしょうか」

料理に没頭していた私は、平静を装って返事をした。おいしいご飯に夢中になってる場合じゃない。

（やっぱり、何か目的があって私を呼び出したんだわ）

一目惚れしたなんてただの口実だったのだ。

何を言い出すつもりなのかと身構えていると、

「俺の父はもう領地に戻っていて、この屋敷は空き部屋が多くてね。ここで一緒に暮らさないか？」

とんでもないことをさらっと言ってのけた。

「……家賃がすごいことになりそうですが」

「一目惚れした女性から家賃をとろうなんて全然思ってないよ。その必要もないしね。タダで好きな部屋を貸すよ」

「タダって言葉を、そんな簡単に使っちゃ駄目です！」

どれだけ価値観がズレているというのか。

この公爵様は、庶民(しょみん)の感覚をまるでご存知ない！

「アレク様みたいな立派な貴族には分からないでしょうけど、一般人にとってはタダってすごく怖いことなんですよ！　タダだからって喜んで受け取ったら、あとからべらぼうな運送料を請求(せいきゅう)されることだって…………なんで笑ってるんですか？」

この世の厳しさをマジメに説明してるのに、アレク様は俯(うつむ)いて肩(かた)を震(ふる)わせている。

「いや、ちょっと……。想像してたのと違う返しが来たから。これはヤバイな、予想の斜め上を行く面白さだ」

「褒め……てます？」

「もちろん褒めてるよ。家賃も食費も何もかも、きみに請求しないと誓おう。これで安心した？」

（安心どころか、ますます警戒しちゃうんですけど。本当に何が狙いなの？　この人の笑顔は鉄壁みたいに硬くて、裏の顔が全然見えてこないわ）

こうなったらもう裏の顔を暴くのは諦めよう。優先すべきは仕事だ。

「とても有難い提案ですが、私はお仕事をいただける方が嬉しいんです。今日は工房の代表としてこちらに伺いましたので」

「ああ、それもそうか。じゃあドレスも依頼しよう。五着ぐらいでいいかな」

「五っ……‼」

何十万もするドレスを、五着⁉

「これできみの顔を立てたことになるだろう？　その代わりと言ってはなんだけど、一つお願いがある」

「あっ、分かりました。ドレスの料金を値引きするってことですね？」

やっと家賃タダにつり合う取り引き条件が出てきて、私は正直ホッとしていた。でもアレク様は苦笑しながら首を横に振っている。

（あれ？　違う？）

「ドレスは正規の金額で支払うよ。俺がきみに頼みたいのは、教会には近づかないでほしいってことなんだ」

「え……。たったそれだけ？」

「うん。それを約束してくれたら、ドレスは何着頼んでもいいよ」

（たったそれだけで、ドレスを何着頼んでもいいとか……。そんなに私を教会に近づけたくないわけ？）

さっきのマント包みの件といい、よほど私を教会に関わらせたくないみたいだ。

でもとりあえず仕事は欲しいし、その約束は私にとって他愛もないことだから、今は了承しておこう。

「分かりました、その条件で依頼を受けさせていただきます。とりあえず五着の注文で店長に話を通しておきますね」

「ついでに俺と同居する依頼も受けてほしいんだけど。きみは寮に住んでるんだろ？　ライラさんがボロいから建て替えを考えてると言ってたよ。いい機会だと思うけどな」

「まだその話を引っ張るんですか……！　もううやむやにしたかったのに！」

「いや、うやむやにされたら困るよ。俺の一目惚れが無意味になってしまう。なんで嫌がるんだ？　ヴィヴィにとってはすごくいい話のはずだろう」

「……っ、さっきも説明しましたけど、いい話だからこそ胡散臭いんです！　こんな豪邸の部屋が無料で、費用一切ナシで、しかもドレスを五着も注文とか！　一目惚れが理由にしても、好条件すぎて怪しさ満載です!!」

ぜえ、ぜえと息が切れる。

早口でまくし立てた直後、さすがに言いすぎたかとハッとして口元を押さえたけど、アレク様には全く気にする様子がない。

「……ふぅん。こっちに騙す気がなくても、あんまりいい話だと警戒されるものなのか。じゃあ責任の所在を明確にしよう。もし同居中にヴィヴィになんらかの損害を与えた場合には、俺は責任をとってきみを娶ると約束するよ。そうだ、誓約書も用意した方がいいな」

「ちょ……もう、お願いだから……勘弁してください。頭が爆発しそうです」

「本気なのに……」

頭を抱える私の前で、アレク様が捨てられた子犬のように悲しげな顔をしている。

（本気なんだろうけど！　それが分かるからこそ、余計に怖いの！）

この公爵様は何かがぶっ飛んでいる。見た目は最高なのに中身がヤバイ。

これ以上この話が続いたら私の精神がもたなそうだし、そろそろ切り上げて帰らせてもらおう。

「同居については、しばらく考えさせてください」

「それは前向きに検討してくれるってことでいいのかな？」

惚れ惚れするような笑顔なのに、圧力がすごいグイグイ来る。

「そ……そう、ですね。可能な限り頑張って、力を振りしぼって、前向きに検討してみます」

そう答えられた自分は偉いと思う。

食事が終わったあと、アレク様は私を馬車で送ってくれた。また私の隣に座り、自分は未婚で婚約者もいないからどうか安心してほしい――そんな話を延々としていた。

生返事になってしまったような気もするけど、きっと神様は許してくれるだろう。

「つ、疲れた……！」

自分の部屋に帰った途端、私はベッドに倒れ込んでしまった。

（大金持ちの貴族って、皆ああいう感じなのかな……。ちょっと気に入った女性を見つけたら、うまい話を持ちかけて傍に置きたがるものなの？）

でも王都に住んで半年の間、聖騎士団の団長は女グセが悪いなんて噂は聞いたことがない。聖騎士は皆、王都の人々から尊敬を集めている。

「その前に、一目惚れ自体が実は嘘とか……？　でもそれだと、あの好条件の数々が意味不明になるわ。わ、分からないっ……！　あの人が何を考えてるのか、全然分からない！」

もう深く考えるのはやめよう。仕事はもらえたんだからそれで十分だ。

私は頭の中からアレク様を追い出し、明日になったらライラさんにどう報告しようかと考えていた。

ヴィヴィアンを下層に送った馬車が、シュレーゲン公爵の屋敷に戻ってきた。

フェロウズ家は建国時から代々シュレーゲンという広大な領地を治めてきた、二大公爵家のうちの一つである。

カルロスは馬車を玄関の前でとめると、降りてきた主人に声をかけた。

「とりあえず今日のところは作戦成功ですね！　ヴィヴィアン様が馬車に乗ってくれた時、滅茶苦茶(めちゃくちゃ)ホッとしましたよ。アレク様の顔が良くできてて本当によかったぁ～！」

「……あのな、俺の顔に釣(つ)られて馬車に乗ってくれたわけじゃないからな」

「あれっ違うんですか。僕はてっきりそうだと……じゃあ何に釣られてくれたんです？」

「仕事」

アレクはぼそっと呟いて屋敷に入った。その後ろにカルロスが続く。

「仕事かぁ、それはちょっと手強そうですね。ヴィヴィアン様がその辺の娘さんみたいに、簡単にアレク様に惚れてくれたら話が早かったんだけどな」

「別に、すぐに惚れてくれなくても構わない。とりあえず今日のところは繋がりを持てたからな……。やっぱり実物はいいな、俺の頭の中に住む彼女より何百倍も可愛かった……！　話してると楽しいし、聡明でしっかりしてる。今すぐ公爵夫人になっても問題なさそうだ」

「……妄想が爆走してますね。完全にヤバイ奴の発言ですよ……。お願いだからちゃんと素は隠しといてくださいね？　引かれちゃいますよ。結婚の前にまず好きになってもらっていう、大事な仕事がありますし」

「これから頑張るさ。それより今は、なんでクラリーネがここに来たのかってことが気になる」

アレクは書斎に入り、引き出しから何かが詳細に書かれた一枚の紙を取り出した。

「本来だと、クラリーネはショーでヴィヴィを見つけるはずだった。それを阻止するためにクラリーネの仕事量を調整したのに、どうなってるんだ？」

「アレク様がギリギリまで決裁をとめてたんですよね。それでクラリーネ様の仕事量を増やしたってバレたら、あの方は相当怒りそうですが。クラリーネ様もショーを見たかったかもしれないですね」

「仕方ないだろ、ヴィヴィを助けるためだ。……もしかすると、俺たちが違う動きをしたから、クラリーネも影響された——ってことなのかもな」

「でもマントで隠したんだから、ヴィヴィアン様の顔は見てないはずですよ」

「だといいが……。クラリーネは勘が鋭いから心配だ」

アレクは眉をひそめながらじっと紙を見ている。

カルロスは少しためらいがちに口を開いた。

「本当にこのまま作戦を続行しますか？　ヴィヴィアン様を最後まで守った場合、僕たちにも何か影響が出るかもしれませんよ。……『あちら』に行かないわけですから」

「……分かってるよ。それでも、二度と会えなくなるよりはマシだ。……生きて戻ってこれるっていう確証はどこにもないんだ」

アレクの声には痛々しいまでの決意が宿っていて、カルロスは何も言えずに口を閉ざした。それはつまり、作戦は続けるしかないのだという、暗黙の了解だった。

翌日早めに起きた私は、工房に出勤してすぐにライラさんへ昨日のことを報告した。
さすがにアレク様との同居うんぬんの話はしなかったけど、五着も契約をもぎ取ってき

た私を大いに褒めてくれて、モデルの手当を当初の金額より少し増やしてくれた。

（最高！　これでクリスの入学金は貯まったわね。あとは授業料だけだわ）

その授業料の方がずっと高額なのだが、私は努力が報われたことに満足していた。

今日は仕事が終わったらすぐに仕送りの手続きをしに行こう。アレク様にドレスのデザインについて詳細を聞くのは、また後日でもいいはずだ。

ウキウキしながら働いていたが、もう少しで終業という時刻にとても意外なお客様がやってきた。布端の処理をしていた私に、職場の先輩が声をかけたのだ。

「ヴィヴィ、あんたにお客さんだよ。教会の神官様だって」

「きょ……教会？　え、なんで？　本当ですか？」

「嘘ついてどうすんのよ。なんの用かは知らないけど、あの白い衣装は間違いなく神官様でしょ。裏口で待ってらっしゃるから、早く行きなさいね」

（どうして私？　昨日の大聖女様の様子と何か関係があるの？）

首を傾げながら裏口に行くと、確かに神官の衣装を着た男性が立っている。眼鏡をかけた学者風の人だ。

「私は教会本部に在籍しているエリゼオと申します。ヴィヴィアンさんでしょうか？」

「は、はい。私がヴィヴィアンです」

「大聖女様があなたにお会いしたいと仰せなのです。お仕事中に恐縮ですが、教会本部までご足労願えませんか？」

「大聖女様が……。でも、ちょっと仕事が立て込んでて……」

アレク様との約束があるから、できれば教会には行きたくない。そう思って断ろうとした時、私の横を通り過ぎたライラさんが手の動きで「早く行きなさい」と指し示した。

（うう、やっぱり駄目か……。アレク様との約束を破っちゃうけど、さすがに大聖女様の呼び出しは断れないわ）

私みたいな一般人がそんな失礼なことをできるはずもなく、エリゼオさんと一緒に大通りにとまっていた教会専用の白い馬車に乗り込んだ。

（ドレスを依頼する代わりに、教会に近づかないって約束……どうしよう。土下座して謝ったら許してくれるかな？　あ、そうだ、同居することを了承したら許してくれるかも。……あの公爵様と同じ屋根の下かあ。ちょっと気が重いわね……）

悶々と考え込む私を心配したのか、エリゼオさんが優しげな声で言った。

「そう心配せずとも大丈夫ですよ。大聖女様はお優しい方です」

「は、はい」

私の不安を和らげようとしてくださっている。いい人だ……！

感動しているうちに馬車は上層の教会本部へ到着した。

全体的に白を基調とした荘厳な建物で、三つの棟から成り立っているようだ。後方には林があり、その向こうに聖騎士団の本部も見える。

エリゼオさんは真ん中の最も大きな建物に私を案内した。廊下を進んでいくと木製の大きな扉があり、彼はノックして「エリゼオです。ヴィヴィアンさんをお連れしました」と声をかけている。

すぐに「お入りなさい」と昨日も聞いた声が室内から響いて、私だけが中に通された。窓の前に執務机があり、髪をきっちり結い上げた大聖女様が椅子に座っている。

「急に呼び出して申し訳ありませんでしたね。あなたがヴィヴィアンさんですか？」

「はい。ヴィヴィアン・グレニスターと申します」

慣れないカーテシーをする私を大聖女様がじっと見ている。なぜか顔じゃなくて、服の方に視線を感じる。

「やはり昨日アレク様と一緒にいたのは、あなたで間違いないようですね。本当はもっと早い時刻にお呼びしたかったのですが、調べるのに手間取ってしまいました」

調べるのが大変だったのは、アレク様が私をマント包みにしたせいじゃないだろうか。

（アレク様と何があったかを聞きたいのかな？）

そう思っていたけど、大聖女様が言ったのは私が予想もしてないことだった。

「時間が勿体ないですから、手短に話しましょう。あなたが着ている服には何かの加護がついていますね。昨日の服もそうですが、あなたが作ったのですか？」

「そ、そうですけど……。加護？　魔物よけの力が、加護だったってことですか？」

「魔物よけ？」

大聖女様が訝しげな顔をしたので、私は自分が作った服には魔物が近づけない効果があることを説明した。

「三年ぐらい前にこの効果があるのが分かって、それからずっと故郷の人たちに私が縫ったものを配ってるんです。でも効果は約三ヶ月で切れちゃうし、大きな魔物には効かないから……加護だとは思ってませんでした。加護って、神様の力みたいなもっとすごいものかと思ってて」

「……前代未聞ですね」

大聖女様はなぜかひどく驚いた様子で立ち上がり、衣装棚から聖女の白い上着を持ってきた。

「普通、加護というのは、このような聖紋を施すことによって効果を発揮するのです」

クラリーネ様が持つ上着の内側に、円と正方形が重なった図形があり、その中心には何かの文字が縫い付けられている。

（この図形みたいなのが聖紋？　真ん中の文字は……フラトン語じゃないわね。よ、読めない……）

「この聖紋がある服を聖職者――つまり神聖力を持った人間が着ることで、加護の効果が表れます。でもあなたは聖紋を使うことなく、しかも誰でも加護を受けられる物を作れる、と。……対象が魔物というのも理解不能ですが」

「り、理解不能……ですか。もう作るのはやめた方がいいですか？」

「作っても構いませんよ。ただ、聖紋だとあり得ないことなので驚いています。聖紋にできることは、自分の能力の底上げをする効果だけですからね。……あなたは恐らく、異質な力を持った聖職者なのでしょう。非常に珍しいですが、あなたの他にもそういう聖職者はいます」

「せっ……」

（聖職者⁉　私が⁉　そんなはずないと思うけど……）

神聖力は母親から子に遺伝する――それはこの世界に生まれた人間なら誰でも知っている共通原則だ。聖女の子は必ず神聖力を持って生まれるので、ずっと教会の中で育つ聖職者の方が多い。

（お母様は普通の人間だった。聖女の力なんかなかったはずよ）

私の疑問を察したのか、クラリーネ様が説明するように話し出す。

「ごく稀にですが、魔物と遭遇することによって神聖力に目覚める人もいます。古代はそのような人間も多かったそうですが、今は魔物の数も減っていますからね。あなたのようなケースはとても珍しいのですよ」

クラリーネ様は上着を片付けてから、私の方に右手をすっと差し出した。

「念のため、あなたに神聖力があるかどうか確かめさせてください。これから呪文を唱えます。復唱してください」

「はっ、はいっ」

（呪文！　クリス、呪文ですって！　うわぁ、本当に魔法使いみたいだわ！）

私も張り切って右手を出し、キリッと顔を引き締めた……のだが。

「《我が杯に宿りし聖水よ、顕現せよ》」

「？　ファ、タ……？　………すみません、聞き取れませんでした」

（わああん！　何言ってるのか全然分からない！　やっぱり私には格好つけるの無理だった……）

しょんぼりしてクラリーネ様の方を見ると、手の平の少し上に光る玉が浮いている。

「わ……ひ、光ってる。これはなんですか？」

「私の体内に宿る神聖力を可視化したのです。神聖魔法は聖クラルテ語という特殊な言語を使うのですが、フラトン語とは発音も文法も何もかもが違います。分かりやすいように、紙に発音記号を書いてみましょうか」

「……お願いします」

さっきので復唱できてたら、紙に書く必要もなかった。

申し訳なくて俯いてしまったけど、クラリーネ様は嫌な顔ひとつせず、私が読みやすいように発音の仕方を書いてくださる。

（さすが人格者と有名な大聖女様だわ……！）

そして若干とちりながら呪文を唱えると、私の手の平の上にも同じく光る玉が現れた。

「あっ、出ました！　よかったぁ……！」

「やはりあなたには聖女の素質があるようです。……ヴィヴィアンさん」

「はい？」

振り向くと、クラリーネ様はどこか申し訳なさそうな顔で私を見ていた。

「最後にこんなお願いをするのは卑怯かもしれませんが……聖女になる気はありませんか？」

「聖女……ですか」

改めて言われ、ようやくその事実を認識した。私に聖女の力があることは証明されたのだから、大聖女様がこのまま私を帰すわけがないのだ。

「あなたの特殊な加護は、きっと聖女のためになるでしょう。一人でも聖女が増えてくれたら、私たちもとても助かります」

「う……。そ、そうですね……。でも私、今の仕事がすごく気に入ってて」

たどたどしく私が答えた瞬間、クラリーネ様の目がきらりと光った……ような気がする。

「ドレス工房にお勧めですから、洋裁が好きなのでしょう。一般の方はご存知ないかもしれませんが、聖職者の服は全て聖女が作っているのですよ。神官も、聖女も、聖騎士の服も。全てここで聖女が作っています」

「ほっ……本当ですか⁉」

「本当ですとも」

一気に気持ちが聖女に傾いてきた。頭の中で札束が舞っている。

（いいかもしれない。聖女になったら、今よりもっと稼げるお金が増えるし……！）

聖女の雇用主は国で、女性が就ける職業の中では最も給金が高くかつ安定しているのだ。

フラトンでは女性の爵位継承を認めていないけど、聖女になると国が死ぬまで身分と生活を保障してくれる。つまり、無理して結婚する必要がない。

「ただ、注意することもあります。聖女は花形の職業のように思われていますが、聖女になることで不利益を被ることもあるのです」

盛り上がっている私を冷静にするためなのか、クラリーネ様が低い声で言った。

「いいことも悪いことも全てお話ししますから、じっくり考えてみてください」

クラリーネ様はその言葉通り、聖女になると何が起こり得るのか私に教えてくれた。私は説明を聞いたあと、考えさせてほしいと伝えて教会本部を辞去した。

そして今、教会の馬車に乗っている。エリゼオさんがお送りしましょうと言ってくれたけど、多忙そうだったので丁重にお断りした。馬車の中は私ひとりだ。

「聖女もすごく魅力的なんだけど、もうちょっとライラさんのとこで勉強したいっていう気持ちもあるのよね。それに何よりもまず、アレク様に謝ってからじゃないと身動きできないわ……」

聖女になるとしても、今持っている仕事を全てきっちり終わらせてからだ。アレク様に許しをもらい、お世話になっているライラさんにも事情を話してからにすべきだろう。

（聖女には色々とデメリットもあるみたいだけど、私はそんなに気にならないかも）

聖女になると教会でしか働けず、最初の五年は研修期間としてずっと王都で過ごすことになるようだ。

でもクリスはもう小さな子どもじゃないし、マリーさんもいるわけだから、私がレカニアに急いで帰る必要はない。

（一番気になったのは、聖騎士の巡回に同行した聖女が亡くなったことかな……）

王都はフラトンの北端に位置していて、他国との境界であるイベティカ山脈と王都の間には、深い森が広がっている。

森の全てが禁域だが、王都に魔物が全く出現しないのは、聖騎士団が禁域を巡回するたびに魔物を間引いているからだ。

それによって魔物にも『王都に近づきすぎると討伐される』のだと伝わり、王都の平安は保たれている。

守護神のように強い聖騎士だけど、彼らももちろん怪我を負うことはあるので、巡回の際には回復魔法を使う神官か聖女が同行するらしい。

クラリーネ様の話では、聖騎士は神聖力で身体の強化はできるけど、神聖魔法は使えないとのことだった。

（聖騎士は自分の身は守れるけど、回復魔法は使えない。聖女は回復魔法は使えるけど、自分の身は守れない。聖女を守りながら魔物と戦うのって、相当難しいことなんだろうな）

でも私の加護を使えば、少なくとも中型までの魔物は聖女に近寄ってこないはずだ。聖騎士も戦いやすくなるだろう。

馬車がライラさんの工房の近くでとまり、私は降りて御者にお礼を伝えた。工房の裏口がある細い路地を歩いていく。

（とりあえず今は聖女うんぬんの前に、教会に行っちゃったことをアレク様にどう謝るかだわ……）

考えごとをしていたせいか、私を尾行している人間がいると気づけなかった。暗闇から伸びてきた手にいきなり腕を掴まれて、ひっと息を呑む。

「だっ誰!?　放してよ！」

三十歳ぐらいの男性が、目をギラギラさせながら私を見ている。私の腕を掴んだ手には、大きな宝石の指輪がいくつも光っていた。

「怪しい者じゃありませんよ。私は宝石商を営んでいる、ブルーノというしがない商人です。お嬢さんはどうして教会の馬車に乗っていたんです？　聖女にお知り合いでも？」

（あっ、クラリーネ様が言ってた成金の新興貴族って、こういう人のこと？）

クラリーネ様は聖女になることの不利益の一つとして、「金で爵位を買った新興貴族たちは常に未婚の聖女を狙っていますから、気をつけるように」と教えてくれた。

家の格を上げたいと望む彼らにとって、聖女を妻に迎えることはこの上ない名誉になるらしい。

（せっかく忠告してもらったのに……！）

「放して、大声出すわよ！　聖騎士を呼んで――」

「呼んでどうします？　私はただあなたの腕を掴んでるだけで、なんの罪もないでしょうに。ああそうだ、お茶でもご馳走しましょうか。ぜひ詳しくお話を聞かせてください」

この人、私の話を全然聞く気がない。

私の腕を掴んだまま、どこかへ移動しようとする。足を踏ん張ると掴まれた腕がギシギシと痛んで、涙が出そうになってきた。

「……っ、誰か！　誰か助けて！」

「ヴィヴィ⁉　そこにいるのはヴィヴィなのか⁉」

路地の奥から聞き覚えのある声がして、私の腕を掴んでいたブルーノは「チッ」と舌打ちして逆の方向へ逃げていく。急に腕を放すので、私は尻餅をついてしまった。

「あ、アレク様……」

「大丈夫か⁉」

アレク様が長い脚でこちらに駆けてくる。神様のように後光がさして見え、私は思わず祈るように両手を組んだ。

（神様だ……！　ついさっきまで、変な公爵様って思っててごめんなさい）

祈る私をアレク様はひょいっと抱き上げ、そっと地面におろしてくれた。あの男が逃げた方向を悔しそうに睨んでいる。

「くそ、逃げたか……！　変なことされなかった？　怪我はない？　……なんで俺を拝んでるんだ？」

「危ないところを助けてもらって、とっても感謝してるからです。ありがとうございました。私はなんともないです。ところで、どうしてこんな場所にいらっしゃるんですか？」

「きみが働いてる工房に、ドレスのデザインについて話をしに行ってたんだよ」

「えっ……わざわざ来てくださったんですか⁉　すみません！」

貴族は普通、自分から注文しに来たりしない。使いの者が工房に来て、この日に屋敷に来るようにと伝言を残すだけだ。今回の場合なら私がアレク様のお屋敷に伺うべきだった。

アレク様がエスコートするように手を差し出したので、私は自然と彼の手を取る。

あの男に触られた時は鳥肌が立つぐらい嫌だったのに、アレク様だとなぜかなんともない。不思議だ。

（私って面食いだったのかな。ちょっとショック……）

手を繋いだまま工房への道を歩いていく。

「巡回のついでに来ただけだから、気にしなくていいよ。ヴィヴィの顔を見たかったんだ」

そう言って微笑むアレク様の額には汗が光っていて、かなり焦って走ってきたのだと分かった。

（私が大声で叫んだから、慌てて助けに来てくれたんだ……）

じぃんと胸が温かくなる。

正直に言うと、まだアレク様の「一目惚れした」という告白は信じていない。でも私を大切に守ろうとしてくれたのはちゃんと伝わってきた。

変なところもあるけど、多分、いい人……なんだと思う。

「ライラさんから、きみがクラリーネに呼ばれたと聞いた」

「うっ……」

ほんわかしていた気分が吹き飛び、顔面がさぁっと青ざめるのを感じる。

「申し訳ありません！　アレク様との約束を破ってしまい……っ、あ、あれ？」

土下座してお詫びしよう——と思ったのに、急に体がふわっと浮いた。アレク様が高い高いするかのように、軽々と私を持ち上げたのだ。

（か、怪力……！　さすが聖騎士だわ）

「大聖女に呼ばれたなら仕方ないって分かってるよ。きみは自分から教会に行ったわけじゃない。だからとりあえず、土下座はやめておこうね」

とん、と地面におろされる。

「お……怒ってないんですか？　その条件で五着もドレスを依頼してくださったのに。私はもう、ドレスの依頼自体が白紙になるかと……」

「全然怒ってないよ。ヴィヴィに非があるわけじゃないんだから、依頼を取り消したりもしない。……ただ俺が、クラリーネのことを甘く見てただけだ」

アレク様の声は暗かった。

（アレク様って、クラリーネ様のこと嫌いなのかな。素晴らしい方だと思うんだけど……）


　何も言えなくなってしまい、無言で歩いているうちに工房に到着した。

　うちで食事でもとアレク様が言うので私だけ工房に入り、ライラさんに挨拶(あいさつ)して鞄(かばん)を持つ。もう終業時刻は過ぎていたから、先輩たちの姿もまばらだった。

「あんた、うまいことやったね」

　トルソーという人型に布を当てていたライラさんが、なぜかニヤニヤしながら私を見ている。

「シュレーゲン公爵様の件ですか？　さっき外でお会いしたんですけど、ドレスのデザインの打ち合わせをしてくださったそうで……」

「そうじゃないよ。ああもう、本当に鈍(にぶ)いねえ。そんなんじゃ公爵様も苦労しそうだ」

「はい……？」

「なんでもないよ。お疲れ」

　またトルソーに向き合い、私にひらひらと手を振っている。よく分からないままぺこりと頭を下げて工房をあとにした。

　工房の外で待ってくれていたアレク様と一緒に大通りに出ると、カルロス君が馬車の横に立っていて、昨日と同じように馬車に乗り込む。

「クラリーネとどんなことを話したのか、聞いてもいい？」

「あ、それは……」

隠すようなことでもないので、私は教会で何があったかを全て話した。

「――ということで、なんと私には聖女の素質があったんです。縫った物に加護をつけてるなんて、今まで全然自覚してなくて………アレク様？」

アレク様は額に手を当てて、はぁーっと深い溜め息をついている。

「……本当にクラリーネを甘く見てた。隠すぐらいじゃ駄目だったんだな……。そもそも視界に入れなければよかったのか」

馬車の空気が重い。アレク様から暗く重たい空気がもんもんと分泌されている。

「あの……アレク様は、クラリーネ様のことが苦手なんですか？」

恐る恐る問いかけると、顔を上げたアレク様はきょとんとしている。思いも寄らないことを言われた、という顔だ。

（あれ？　変なこと聞いちゃった……かな？）

全身からじわっと変な汗が出てきて、どう取り繕うかと焦っていたら、アレク様はふっと笑った。

「そうか……そう思われても仕方がないかもな。俺はクラリーネのことを嫌ってるわけじゃないよ。クラリーネは人格者だと思ってる」

「じゃあなんで……」

私がクラリーネ様に会ったことを、そんなに後悔してるんでしょうか。

問う前に馬車が公爵家の屋敷に着いて、アレク様は「食事をしながら話そう」と私を促した。

昨日と同じ部屋に通され、カルロス君が食事を運んでくれる。

去り際のカルロス君は、アレク様を心配そうな……まるで『何をしでかすか分からない息子を心配する親』のような顔で見ていた。

（なんだったの、あの顔は）

「ヴィヴィは聖女になりたいのか？」

アレク様の声にハッと顔を上げる。その口調からアレク様の意思が伝わってきて……答えにくくなってしまった。

（……アレク様は、私に聖女になってほしくないみたい）

それでも、私の加護は聖女のためになるはずだ。そして何より、私はお金を稼ぎたい。

ふうっと一つ深呼吸してから口を開いた。

「……まだ悩んでいますが、聖女になることも検討しようかと」

「俺はきみに聖女になってほしくない」

（そっ即答!?　秒で反対されちゃったわ！）

予想通りの回答だったけど、早すぎてぐっと言葉に詰まる。でもまだ諦めたくない。

「どうしてですか？　クラリーネ様からは、私の加護はきっと聖女の役に立つと言われました」

「巡回の時に聖女が亡くなったからだろう。でも今は体制を変えて、同じことが起こらないようにしている。きみが気にする必要はない」

「で、でも……。私、どうしてもお金が必要なんです。うちは貴族なのにお金に余裕がなくて、弟を学校に行かせるには私が働かないと……」

「お金のことなら俺がなんとかする。グレニスター家に援助して、きみの弟も学校に行けるようにしよう。だからどうか、聖女になるのは諦めてくれ」

「そっ……」

（そこまでするほど、私に聖女になってほしくないんですか……!?）

言葉が出てこなくなり、呆然と端正な顔を見つめる。アレク様の目は澄んでいて、嘘をついている気配は全くなかった。本気でうちの家に援助するつもりなのだ。

「……分かりました。聖女になるのはやめます。だから援助なんてしないでください……。何があったのかと、父が心配しますので」

そう答えるしかなかった。

私が教会に行ったことをアレク様は笑顔で許してくれたし、ドレスの注文を取り消したりもしなかった。わざわざ工房に来てライラさんと打ち合わせしてくれて、さらに私を変な男から守ってくれた。

（今の状況では、アレク様の意向を無視するのは無理だわ……。そんな恩知らずな人間にはなりたくない。それにこの人は、私が不利益になるようなことはしない人物……だと思うのよね）

今までのアレク様の言動から考えても、その点については信じても大丈夫だろう。つまりアレク様は、聖女にならない方が私のためになると判断したのだ。

私の返答に、アレク様はとてもホッとしたようだった。ようやくいつもの柔和な笑顔に戻っている――まるで、肩の荷が下りたように。

（きっと何か大事な理由があるんだわ。でも聖女が意外と大変な職業だっていうことは、すでにクラリーネ様から説明を受けたんだけどな。他にも何かあるの？）

ずっと考えても答えが思いつかなくて、私は頭の中を「？」だらけにしながら食事を続けた。


一週間がたち、私はライラさんの指示で上層を訪れていた。依頼されたボンネットを貴族のお屋敷に届けるためだ。

この帽子は型崩れしやすいので、円柱状の箱に入れて、潰れることのないように人間の手で運ぶことになっている。

(あの男、いない……よね？　きっと昼間は仕事があるから、私を尾行できないんだわ)

無事に届け終わり、きょろきょろと周囲を警戒しながら道を進む。

クラリーネ様の呼び出しを受けた日から、夕方以降になると時々工房の近くをあのブルーノという男がうろつくようになってしまったのだ。

心配したアレク様は、毎日馬車で私を送り迎えしてくれている。彼が忙しい時はカルロス君が一人で来てくれるけど、とにかく毎日欠かさずの送迎だ。

(負担になっちゃってるよね。うう……やっぱり同居した方がいいのかな)

アレク様のお屋敷に居候させてもらえば、馬車で下層までの遠い道のりを行き来する必要はなくなる。上層と中層だけの移動で済むから、時間もかなり短縮できるはずだ。

考えながら大通りを進んでいると、少し離れた場所に人だかりができているのが見えた。紳士服の男性やドレスを着た婦人たちが集まって何か騒いでいる。

(あの辺りって、教会本部がある場所よね)

私は足をとめ、方向を変えて歩き出した。私があそこに近づくのをアレク様はきっと嫌がるに違いない。それにまだクラリーネ様に聖女になるかどうかの返答をしていなかったので、後ろめたさもあった。

(クラリーネ様はガッカリされるかな……)

私に聖女にならないかと誘ったクラリーネ様には、どことなく切羽詰まった雰囲気があったように思う。それを思い出すとやっぱり聖女になった方がいいのでは……と考えたりもするのだ。

今の私は聖女になるべきかという迷いと、アレク様への恩という二つで板ばさみ状態だった。それで返答が遅れている。

そんな私の耳に、通行人たちの会話が入ってきた。

「騎士が怪我をしたようだな。あれは百人ぐらいいたんじゃないか？　ひどい光景だった」

「かなり重傷の騎士もいたな。人数が多すぎて、教会の前庭に寝かせるしかなかったんだろう」

（騎士って……まさか）

何かが閃くように、ぱっと頭の中に端正な顔が浮かぶ。

「アレク様……!?」

気づいた時には教会本部へ向かって走り出していた。あの人に何かあったらどうしよう――それだけで頭の中がいっぱいだった。

すみませんと言いながら人ごみをかき分けて最前列に出ると、金属製の柵ごしに広い庭が見える。地面に布が敷かれ、そこに怪我をした大勢の騎士が寝かされていた。まるで野戦病院みたいだ。

（あのエンジ色の騎士服……怪我をしたのは、王宮騎士団の人たちだったんだわ）

不謹慎ながら、アレク様の姿がないことにホッとしてしまった。

でも騎士たちの怪我は私が想像していたよりもずっと重傷で、体の上に掛けられた布の一部がへこんでいたりする。腕や脚を失った騎士もいるのだ。

「一体何が……」

呆然と呟くと、周囲から人々の囁きが聞こえてくる。

「ペーレ草原で軍事演習をしていたところを、魔物の集団に襲われたらしい。ヘルハウンドの群れだったそうだぞ」

「ペーレ草原ですって？　あそこは王都に近いから、魔物なんか出ないはずでしょう」

「王太子殿下が原因を究明中のようだ。しかしヘルハウンドの群れを相手にして、よく死者が出なかったものだな」

「聖騎士団がたまたま近くを巡回していたそうだ。そのお陰で死人を出さずに済んだが、このままだと失血死してしまう可能性も……」

その時誰かが「静かにしろ、大聖女様だ」と叫んで、貴族たちの囁きはぴたりとやんだ。

聖女の衣装を着たクラリーネ様が静かに怪我人たちの間を歩き、重傷者ばかりが寝かされている場所で足をとめる。そして厳かに何ごとかを唱えた。

「《顕現せよ、治癒の円環。我が聖水を以て、あまねく杯に命の息吹を与えよ》」

詠唱の直後にクラリーネ様の足元に巨大な光る円が出現し、負傷した騎士たちを円の中に囲んで瞬く間に癒していく。

布のへこんでいた部分がふわっと膨らみ、失われた腕や脚も治ったようだった。

（す、すごい……！）

わあっと歓声が上がって、「まさに奇跡の魔法だ！」と貴族たちが叫んでいる。しかし光る円が消えた直後、クラリーネ様は崩れ落ちるように倒れてしまった。

「クラリーネ様！」

倒れたクラリーネ様を神官たちが教会へ運んでいく。その間も、他の聖女が懸命に騎士たちの治療に当たっていた。

（人手が足りてないんだわ……）

可能であれば、クラリーネ様はあの奇跡のような魔法を何度も使っていたに違いない。でも倒れてしまうほど体に負担がかかって無理なのだろう。

まだ何十人も怪我人が残っているのに、治療に当たる聖職者たちは十人ほどだ。

魔法がどれだけ体に負担がかかるのかは私には分からないけど、誰もが額に汗を浮かべながら必死の表情で怪我を治している。私は俯いてそっと場を離れた。

（もしもの、仮定の話だけど……一週間前に聖女になってたら、私でも少しは役に立てたのかな）

たった一週間で習得できるような、簡単な魔法ではなさそうだと分かっている。でも私が何かの仕事をすることで、他の誰かが治療に参加できたかもしれない。

（もしもあそこに倒れていたのが、アレク様だったとしたら……私はきっと、すぐにでも治療してたわ。私が無理だったら他の聖女に助けてくださいって頼んでた）

あの怪我人がアレク様だったら、クリスだったら――と想像すると、胸がぎゅうっと潰れるように苦しくなる。

「聖女になったら、ひどい怪我でもすぐに回復魔法で治してあげられる……。やっぱり聖女になろう。アレク様は反対するだろうけど、頑張って説得しよう……！」

もしまた同じようなことが起こって、その時もなんの役にも立てなかったとしたら、私は自分を許せなくなるだろう。

次があるのなら、その時こそ絶対に役に立ってみせる。

（アレク様を説得するには、あの手を使うしかない……よね）

正直に言うとかなり気が重くなる選択肢だけど、この際しょうがない。私が使えるカードはたった一枚しかなかった。

日が暮れた頃、私はまたアレク様のお屋敷の中で食事をしていた。もうほとんど日課だ。アレク様に出会ってから毎日夕飯をご馳走になっている。

三日目からはさすがにどうかと思って遠慮したんだけど、アレク様がすごく悲しそうな顔をするので好意に甘えることにした。

私だって、ご馳走され続けるのはかなり厚かましいことだと分かっている。でもアレク様の場合には、食事を一緒にとることが恩返しになるようだった。

「アレク様は怪我をしなかったんですね。よかったです」

食事をしながら話しかけると、彼は「ん？」という顔をした。なんの話題か分からないらしい。

今日ペーレ草原で魔物を討伐したことは、アレク様にとってはただの日常茶飯事で、特に話題にするようなことではないのだろう。

私だって今日たまたま教会本部の近くを通らなければ、きっと何も知らないままだった。

……クラリーネ様たちの苦労も。

テーブルにフォークとナイフを置いて椅子から立ち、アレク様に深々と頭を下げながら言った。

「アレク様、お願いがあるんです。私はやっぱり聖女になりたいので、どうか許してください」

「…………え？」

アレク様が聞いたこともないような間の抜けた声を出した。

しばらく待ってもなんの返答もないので顔を上げると、彼は右手にナイフを握ったまま呆然としていた。そしてかすれた声で呟く。

「なぜだ？　どうして考えを変えたんだ？　一週間のあいだに、考えを変えたくなるようなことでもあったのか？」

アレク様の声が震えていて、彼の驚きと動揺が痛いほど伝わってくる。

（私が聖女になりたいって望むのは、あなたにとってそんなにショックなことなのね。……ごめんなさい）

でも今の私には、もう考えを変える気はなかった。

「今日、仕事で上層に行ったんです。その時にたまたま教会本部の辺りで、貴族たちが騒いでるのを目撃しました。騎士が怪我をしたというのを聞いて、心配になって」

そこまで言ったタイミングで、アレク様がハッと息を呑んだ。

「もしかして……俺が怪我をしたと思ったのか？　心配してくれたんだな？」

こくんと頷くと、アレク様はぐっと拳を握って顔を下に向けた。握った拳がぶるぶると震えてるけど、苦しんでいるわけではなさそうだ。

「怪我をしたのは王宮騎士団で、治療してるクラリーネ様たちはすごく大変そうでした。クラリーネ様は奇跡みたいなすごい魔法を使ったあと、倒れちゃったんですよ。どう見ても人手が足りない様子だったから………あの、どうかしました？」

嬉しそうに微笑んでいたアレク様は、私が話しているうちになぜか無表情になってしまった。何かに衝撃を受けたように青ざめた顔で、「やっぱり変えられないのか」と小さく呟いている。

ちょうどそのタイミングでドアが開いて、デザートを持ったカルロス君が部屋に入ってきた。しかし顔色を失ったアレク様を見るなりギョッとしてトレイごと器を落とし、疾風のような速度でテーブルまで走ってくる。

（ああ、デザートが……）

「アレク様、しっかり！　もう闇堕ちですか！　何があったんです？」

カルロス君の言葉に、やっぱり私が悪いのかなと思いつつ経緯を説明した。

「あー……そういうことでしたか。そうかぁ。頑張ったんだけどな。本当にツイてないなあ……」

カルロス君は悲しみが溢れる声で呟き、がっくりと肩を落とした。その間もアレク様の顔は蒼白なままだ。変えられないとかツイてないとか、どういう意味だろう。

「俺が……俺がもっと早く隊を動かしていれば……」

「あっちだって警戒されてるって気づいてたでしょう。ペーレ草原は広すぎて、全ての場所を同時に警備するのは不可能です。アレク様は何も悪くないですよ」

二人で何か話してるけど、会話の内容が私にはピンとこない。そしてカルロス君の慰めでは、アレク様は復活しそうな気配がなかった。

カルロス君にもそれが分かるのか、私に『なんとかしてくださぁぁい』とすがるような視線を送ってくる。

(うっ……やっぱり、あの手を使うしかないのね)

謝罪と懇願だけで説得できたらいいなと思ってたけど、楽観視しすぎたようだ。奥の手を使うしかない。

「聖女になったら教会本部で働くことになりますし、こちらでお世話になってもいいですか？」

私が言った途端、アレク様ががばっと顔を上げた。

「今……今、なんて？」

声がかすれてるし、目が潤んでいる。壮絶な大人の色香にあてられてクラクラしてきた。

「ううっ……、も、もし聖女になれたら、アレク様と同居を」

全部言い終わる前に、アレク様がガタンッと勢いよく立ち上がった。

「やった……！　不幸中の幸いとはこのことだな！　やる気が出てきた」

「え？　あの、ちょっと？」

立ち上がったアレク様は私の手を取り、部屋を出て廊下を進んでいく。足取りは軽く、広い背中からもウキウキしている気配が漂っていた。

（さっきまで地獄に落ちた罪人みたいだったのに……。わりと現金な人なのね。それにしても、デザート食べたかったなぁ）

アレク様がすごく嬉しそうで、ちょっと放してと言いにくい。階段をのぼり、また少し歩いて、両開きの扉の前で彼は止まった。

「この部屋はヴィヴィのために模様替えしてあるんだ。きっと気に入ってくれると思う」

扉を開けると、可愛らしい家具の数々が目に飛び込んできた。

「わあ……！」

壁紙は可憐な花柄で、ベッドカバーやクッションもそれに合わせた柄で統一されている。淡い色合いもすごく私好みだ。

（かっ、可愛いわ……！　猫脚のソファも、お姫様みたいな天蓋つきのベッドも！）

部屋をうろうろと歩いて、鏡台に置かれた櫛を手に取ったり、ふかふかのクッションを触ったり。

アレク様は私の様子を見て満足そうに頷き、

「今夜から使っていいよ。ちなみに、突き当たりが俺の部屋だから」

とんでもないことをさらっと言った。

（前にもこんなことがあったような……）

「いえ、その前にですね。こちらにお世話になるのは、聖女になってからと考えてたんですけど」

「今夜からでもいいんじゃないか？　きみは馬車の送迎の時、いつも申し訳なさそうな顔をしていたよな。俺たちの負担になると気にしてたんだろ？」

「えっ……」

確かにその通りだけど、ズバッと本心を明かされるとは思っていなかった。

振り返った先でアレク様がニヤッと笑っている。いつもの柔和な笑顔ではない。

（あっ、これだわ！　これがこの人の『素』なんだ。ちょっとだけ出てきてる！）

本当は結構な策士なのかもしれない。同居すると決めたタイミングで送迎のことを言い出すのも、何か作戦めいたものを感じる。

「あ、アレク様って……腹黒いって言われたことないですか？」

「まさか。俺は人々の尊敬を集める、聖騎士団の団長なんだよ？　それに俺からすると、ヴィヴィの方が腹黒いと思うけどな」

「なっ、なんでですか！　私は腹黒くなんて」

ないでしょ、と言いたかった。でも歩み寄ってきたアレク様が私の顎をくいっと持ち上げたので、ドキッとして何も言えなくなる。

（ちっ近……！）

息がかかってしまいそうな距離に、アレク様の麗（うるわ）しい顔があった。なんだか胸が苦しい。

「きみは意外と策士なんだな。同居の件を持ち出せば、俺が聖女になるのを許すと考えたんだろう？」

「そ、そんなこと……」

完全にバレている。でも目を逸らしたら嘘ですと白状するようなものだから、アレク様の瞳を見つめるしかない。だんだん体がカッカしてきた。

（私の体、どうなってるの？　なんか熱い……。心臓がドキドキしてる）

「お、怒ってるんですか？　聖女になるの、やっぱり駄目ですか？」

「駄目じゃないよ。聖女になっても俺が守ってあげる。……俺はね、怒ってるんじゃなくて嬉しいんだ。好きな女性に手玉に取られるのも、案外悪くない」

低く艶のある声が囁いた。なぜか背中の辺りがぞくっとして、体から力が抜けていく。

（何これ？　本格的に私の体がおかしい！）

アレク様は私を解放すると、「あとでメイドを寄越すからね」と言って部屋を出て行った。足腰に力が入らなくて、ふにゃっと崩れるようにソファに座る。

「し、しんどい……。何かの病気なのかな。あ、でも休んでたら、落ち着いてきたような……」

しばらくしてメイドが来て、私は帰るタイミングを失い、アレク様の目論見通りに宿泊してしまった。

第二章

暦が五番月に変わり、初夏らしく気温が高くなってきた。

でもフラトンに吹く風は年中カラッとしているから、たとえ真夏でも暑すぎるということはまずない。今も涼しい風が吹いている。

「はあ、歩きにくい。聖女の服って裾が長すぎるわ……」

私はめでたく聖女になり、ミドルネームに聖職者を表す『ルーチェ』を授けられた。朝にアレク様が馬車で教会本部まで送ってくれて、今は本棟内部の聖堂を目指して廊下を歩いているところだ。

私が聖女になってまだ一週間ぐらいだけど、たまに教会の周囲をあのブルーノという男がうろついていることがあった。本当にしつこい男だと思う。

過保護なアレク様は私を心配して送迎を続けてくれているけど、ブルーノが狙っているのは私だけではないらしい。

柵の向こうから未婚だと思われる聖女を見る目付きは、ぞっとするほど気味が悪かった。

(未婚の聖女なら誰でもいいってことね。気持ち悪いなぁ……。ああもう、それにしても歩きにくいわね、この服！）

歩くたびに長い裾を踏みそうになる。聖女のスカートは古風で上品なデザインなんだけど、地面すれすれの長さだから非常に歩きにくいのだ。

やっとたどり着いた聖堂で、祭壇に向かって両手を組む。

「えーと……。戒を守り、悪に耳を傾けず民の模範となること。自己のために進んで善を行なうこと。世の人々を教え導き、利他に尽くすこと。…………最後はなんだっけ？」

これは四戒というもので、聖職者として守るべき行動規範を示しているそうだ。毎朝唱えることになってるんだけど、私はまだ完全に覚えていない。

どこかにヒントでもないかとキョロキョロしていたら、

「魂に定められた使命を果たし、天寿を全うすること、でしょ。ヴィヴィ姉ちゃん、まだ覚えてないの？」

低い位置から可愛らしい声が聞こえてきた。

「あっ、ルカ君。おはよう。ルカ君は賢いねぇ」

六歳の男の子が、私に褒められてまんざらでもなさそうに頬を染めている。この子は私が聖女になってから何かと教えてくれる可愛い先輩だ。

教会本部の東の建物は教育棟で、聖女から生まれた十五歳までの子どもたちが集められて、保育と教育を受ける場所になっている。私はもう十七歳だけど、年下の彼らの方が聖職者としてはずっと先輩なのだ。ルカ君と一緒に教育棟まで歩き、廊下の角で別れると、彼はスキップしながら幼少部の方へ戻っていく。

（可愛いなぁ。クリスのちっちゃい頃を思い出しちゃうわ）

そのクリスは、手紙で私が聖女になったことを伝えると相当興奮したようだった。信憑性を高めるために、クラリーネ様にも一筆書いてもらったからかもしれない。

父もクリスも読むのが大変なぐらい長い手紙を送ってきた。でも要約すると、『すごいぞ、頑張れ』のひと言で済むような内容だった。

「そう言えば、ライラさんたちもかなり興奮してたな……」

先月に退職したいと事情を説明したら、ライラさんも先輩たちも「工房から聖女が出るなんて縁起がいい！」と大騒ぎしていた。

ライラさんは「きっとまた会うことになるよ」とニヤニヤしていたし、先輩の一人は「幸せになってね」と泣いていて……私は首を傾げながら工房をあとにしたのだった。

（ライラさんも先輩たちも、なんか様子が変だったけど……まあいいか）

廊下を進み、教室の扉を開ける。室内には十四歳から十五歳の子が集まっていた。今からここで神聖魔法の授業があるのだ。私は毎日午前中だけ授業を受けている。

「皆さん、おはようございます」

講師のエリゼオ様が入ってきた。この方は教会本部に五人いる監督官の一人で、その役職は大聖女様の次席に当たる。前も一度会っているけど、その時はこんなに偉い人だとは知らなかった。

聖クラルテ語と神聖魔法の研究者だからか、うんちくを語り出すとすごく長い。気になる研究課題があると長期休暇を取って各地に調査へ行ってしまうので、しばらく姿を見ないな、ということもあるらしい。

「今日は基本の回復魔法の一つ、《聖なる御手の施しを受けよ》のおさらいをしましょう。これは軽傷用の呪文で詠唱も短いですが、一つ注意点があります」

エリゼオ様は説明しながら黒板に呪文を書き出した。

「《聖なる御手》の部分は、まず問題なく詠唱可能でしょう。注意すべきは後半の《施しを受けよ》の部分で、ここは途切れることなく一気に詠唱してください。どこかで区切ったりすると呪文が発動しないだけでなく、空気中に大量の神聖力を放出することになって体力を消耗します。ではいつものように練習してみましょう」

隣の席に座る生徒同士で呪文を掛け合うことになった。私の隣の子は十四歳だったけど、舌がもつれそうな発音の呪文をスラスラと詠唱し、周囲の子も同じく慣れた様子だ。

（うっ……なんか、プレッシャーを感じるわ。この中では私が一番年上だし……）

「次はヴィヴィさんの番だよ」

隣の子に言われ、緊張で手をプルプルさせながら詠唱する。

「《っ……聖なる御手の、施し、を受け……》」

呪文が途切れてどっと疲労感が押し寄せる。無駄に神聖力を放出してしまった疲れだ。

もう何度か練習しているのに、緊張のせいかどうしても後半が滑らかに詠唱できない。

失敗した時のこの重たい疲労感も曲者で、「失敗したらまたアレが来る」という怯えに繋がっていた。

「気にしなくていいよ。最初は皆そうだったから大丈夫！」

周囲の子が励ましてくれるけど、嬉しいような情けないような……複雑な心境だ。

授業が終わる頃には、私はへろへろになっていた。

（聖クラルテ語って、ほとんど外国語だわ……）

フラトン語は二十六文字のフラトン文字を並べて一つの単語にするけど、聖クラルテ語はたった一つの文字で《聖水》などの意味を持つ。私にとっては外国語のように難解で発音もしにくく、呪文の詠唱は失敗続きだった。

（でも諦めずに頑張ろう。何かあったら、今度こそ回復魔法で誰かを治してみせるわ）

本棟に戻り、聖女が洋裁の作業をする部屋に向かう。ライラさんの工房のように足踏みミシンが並んでいる部屋で、私にとっては馴染みのある雰囲気だった。

「こんにちは」

挨拶しながらドアを開けると、内部にいた聖女たちが顔を上げる。

「あっ、ヴィヴィさん。ちょうどよかったわ、一緒にお昼に行きましょう」

私に声をかけてくれたのはエマさんだ。本当の名はエマニュエルだけど、皆エマさんと呼んでいる。クラリーネ様の娘さんだ。

私は笑顔で「はい」と返事をして、エマさんたちと一緒に食堂へ向かった。

クラリーネ様は新人の私を気遣って、ご自身の娘さんを教育係としてつけてくれたのだ。

エマさんは顔はお母様に似ているけど、きっちりタイプのクラリーネ様と違って性格は私のように大雑把なところがある。すでに結婚されているから、私にとっては人生の先輩でもあった。

混雑している食堂でささっと昼食を取ったら、ようやく待ち望んだ時間が訪れる。

「さて、今年は聖女の服だわね」

エマさんが壁際にある棚の引き出しから、服を作る時に使う大きな型紙を取り出した。

教会では毎年ひとつの役職の制服を作り替えているとのことで、今年はちょうど聖女の番らしい。

(これは絶好のチャンスだわ。今こそアレを言うのよ……！)

私は作り替えの話を聞いてから、絶対に『あること』を提案したいと思っていた。並べられた型紙は複雑ではないし、これなら私にもなんとかなるだろう。

「あの、ちょっと聖女の服のことで提案があるんです」

片手を挙げて言うと、皆の視線が私に集まる。提案の内容は、私にとっては少し言いにくいことだった。でも三年もこの衣装を着るのはつらすぎる。

「聖女の服のスカートを、もう少し短くしてみませんか？　私にはちょっと長すぎて、歩きにくくて」

「……やっぱり、そうなのね」

エマさんがぼそっと呟いた。

（――「やっぱり」？）

そしてなぜか他の聖女たちもざわめき出す。

「ずっと見てるとこれが当たり前になっちゃうけど、やっぱりこのスカートは長いのよ。外部から入ったヴィヴィさんの感覚の方が普通なんじゃない？」

「いくら千年も続く伝統の衣装でも、今の時代に合ってないわよね。この機に作り替えましょうよ」

「でも多分、クラリーネ様は許可してくださらないわよ。三年前も同じ話になったけど、新しいデザインを業者に頼む予算なんてないって言われちゃったもの」

（……ということは、予算内であればデザインを変えられるってこと？）

聖女たちの話に、私は一つの希望を見出した。

「予算内だったら可能なんですね？　私が新しいデザインを考えて、型紙も作ります。それなら外注する必要はないから、予算を超えることもないはずです」

「ちょっ、ちょっと待って。新しいデザインを考えるって……そんなことできるの？」

「あっ、そうよ！」

　何かを思い出したようにエマさんがぽんと手を叩いた。

「ヴィヴィさんって、ドレス工房で働いてたのよね？　だから可能なんだわ！」

　エマさんの言葉で一気に現実味が増し、まるで波紋のように『それなら』という希望に満ちた雰囲気が広がっていく。

（これは絶対に失敗できないわね……。でも私には秘策があるのよ！）

「さっそくですけど、私から案を三つ出しますね」

　私は鞄から三枚のデザイン画を取り出した。実はすでに準備してあったのだ。このスカート無理だわと思った時点で、新しいデザインを考えていた。

「一つは今までと同じ形で、裾を少し短くしたもの。他の二つはこんなデザインです」

　作業台に三枚の紙を並べると、集まってきた聖女たちが熱心に見ている。

「この二種類は変わった形をしてるわね。……スカートなのかしら？　動きやすそう」

　一人の聖女がデザイン画を指差して呟いた言葉に、私は内心で「来た！」と思った。

「この二枚はキュロートという少し変わったスカートです。見た目はスカートですが、内部はズボンのように二つに分かれていて動きやすいんですよ。裾の長さは膝下ぐらいで馬にも乗れるし、なんと農作業だって可能なんです！　すごくオススメですよ！」

「……馬はともかく、農作業はしなくてもいいんじゃ……あの、ヴィヴィさん？」

「そうだ、見た方が分かりやすいですね！　実物はこんなのです！」

商談してる時のようにノリノリの気分で鞄を探り、中からキュロートを出す。実物があった方が絶対にいいと思って用意していた。

この変わったスカートは、私がレカニアにいた頃に思いついて作ったものだ。

私が穿いているのを見たライラさんが気に入って労働者向けに何点か作り、キュロートという名称で売り出した。それは当然ながら洗練されたデザインで、今では店の主力商品の一つになっている。

もう何度も作っているから、型紙は完璧に頭の中に入っていた。発案した私にライラさんが手当をくれたのもいい思い出だ。

「いいわね、これ。すごく動きやすいし、風が吹いても捲れたりしなそうだわ。足元はブーツだから肌が見えることもないでしょ」

なんとエマさんは自分でキュロートを穿き、歩いたり跳んだりしている。いつの間にか衝立の奥で着替えていたらしい。

(今まで聖女って、なんとなく大人しい女性のイメージがあったけど……。実際はこんなに活発な人もいるのね)

そして他の聖女まで何人か実際に穿き、歩いたり走ったりして、全員の意見が揃った。

「キュロート、すごくいいわね。デザインはこっちがいいかしら」

「そうね、こっちのデザインの方がオシャレだわ」

（うぐぅ……！　やっぱり王都では、レカニア基準のデザインは流行らないんだわ）

聖女たちが指差しているのは、ライラさんが考案したデザイン画だった。

二種類のキュロートのうち一つは私が自分で考えて、もう一つはライラさんからもらったものだ。長いスカートのことを相談したら、ライラさんは「餞別だよ」と言ってタダでデザイン画をくれたのだった。……選ばれなかったのは無念だけどしょうがない。

「よし、今回はキュロートでいきましょう！　絶対に大聖女様を説得してみせるわ」

「え、エマさん……？」

自分のお母様の説得なのに、エマさんの気合がすごい。

（つまりクラリーネ様は、自分の娘だろうと贔屓したりしないってことかな？）

クラリーネ様の性格ならあり得る。あの方は皆に平等だから、誰か一人だけを優遇したりはしないのだろう。

「デザイン変えが成功したら、ヴィヴィさんも報奨に選ばれるかもしれないわね」

大聖女の執務室へ向かう途中、エマさんが言った。

「ほ……報奨？」

(何かすごくお金の匂いがする！)

「エマさん、報奨というのは？」

「説明してなかったわね。教会では年に一回、最も優秀な働きをした神官と聖女を褒め称えて報奨金を出すのよ。再来月には発表があると思うわ。選ばれると、出世しやす」

「報奨金が出るんですか!?」

「え、ええ。出るわよ。選ばれるのは一人だけだけど、新しいデザインを考案して予算を抑えるなんてすごいことだから、ヴィヴィさんにもチャンスがあるんじゃないかしら」

(燃えてきた。俄然、燃えてきたわ……！)

ちょうどそのタイミングで執務室の前に着き、エマさんが私たちを振り返った。全員でこくりと頷き、ノックをしたエマさんが「エマです、面会をお願いします」と言う。

すぐに入室の許可があり、私たちは執務室へ入った。クラリーネ様は窓の前にある机で仕事をしている。

「ちょうどいいタイミングでした。ヴィヴィアンさん、あなたの『魔物よけ』が間違いなく効果があると証明されました。これはまだ推測の段階ですが、あなたの加護がついた服を聖職者が着た場合、神聖力によって効果はずっと続くと思われます。今回の聖女の服から必ずあなたの加護を付与してください」

「はい、分かりました」

（アレク様が心配してたのって、このことね）

クラリーネ様は私の加護の効果を証明するため、アレク様に何かを依頼したらしい。数日前に「クラリーネは本気できみの加護を利用するつもりだよ」と彼から言われた。

私は元からそのつもりだったけど、アレク様は私の仕事量が増えるのではないかと心配してるみたいだった。クラリーネ様の視線が私からエマさんに移る。

「エマ、何かありましたか？」

「実は聖女の衣装のことで、ご相談があるんです」

エマさんが言うと、クラリーネ様が一瞬だけ眉をひそめた。なんとなくだけど、「またか」と考えているような感じだ。

しかしエマさんが説明を始め、私が新しいデザイン画とキュロートを見せると、クラリーネ様の表情は一変した。見た目はいつもの平静な顔なんだけど、明らかに目がきらきらしているのだ。

「どうでしょうか？　予算内でデザインを変えるのは可能だと私たちは考えています」

エマさんが得意げに言い、クラリーネ様はキュロートを手に持って何か考え込んでいる。

やがて、

「でも、やはり……伝統のある衣装を変えるのは、抵抗があります」

とぽつりと言った。

（やっぱり駄目かあ……）

しょんぼりと肩を落とした瞬間、エマさんが「お母様」とハッキリと呼んだ。職場でお母様と呼ぶのは普通はないことなんだろうけど、エマさんには迷う様子がない。

「私が子どもの頃からお母様は多忙でした。あなたはいつも忙しそうに教会の中を移動していて、たまに裾を踏んでコケそうになっているのを何度も見たことがあります」

クラリーネ様がごほんと咳払いし、気まずそうに「エマ」と言う。しかしエマさんは止まらなかった。

「私はお母様の体が心配です。でもこのキュロートなら、お母様の助けになってくれるはずです。動きやすいということは、仕事の効率が上がるということ……そうでしょう？」

クラリーネ様はハッと息を呑んだようだった。室内がシンと静まり返って、皆が固唾を呑んで大聖女様の返答を待っている。

しばらくしてクラリーネ様は厳かに言った。

「……いいでしょう。デザインの変更を許可します」

本当はその場でやったーと叫んで喜びたかった。しかしクラリーネ様の前でそれはできないので、私たちはにまにましながら静々と廊下を歩き、作業部屋まで戻った。

ドアが閉まるなり、皆がわあっと騒ぎ出す。

「やったわね！　ヴィヴィさんのお陰よ！」

「いえ、そんな。エマさんの説得がうまかったんですよ」

「じゃあ二人のお陰ってことよ。とにかく作戦成功ね！」

こうして聖女の服は新しいデザインに変えることになった。


部屋の中にミシンを動かす音が響いている。

私たちはさっそく作業を始め、まずはキュロートから作ることにした。

「次の聖騎士の巡回までに、キュロートを何着か作っておきましょう。同行する聖女の分を優先で……五着もあればいいかしらね」

エマさんの指示で作業が始まり、私は型紙を作ったあと、それに沿って布を切るのは他の人に任せていた。針と糸でミシンでは処理しにくい部分を縫っている。

私の加護はなぜかミシンでは付与できないのだ。自分で針を持ち、糸を縫い付けていく工程がないと効果が出ない。

他の聖女からも物珍しそうな視線を向けられたから、クラリーネ様が言っていた「珍しい異質な聖職者」というのは本当のようだった。

（でもあの時、他にもそういう聖職者はいますって聞いたような気がするのよね）

教会で働いていれば、いつかその人に会えるだろうか。

そんなことを考えながら黙々と手を動かしていると、ドアが開いて「ちょっといいかしら」と声がする。まるで鈴が鳴るような綺麗な声で、思わずドアの方を振り返った私はそのまま硬直した。

(わ、わぁぁ！　妖精みたいに可愛い人がいる！)

髪は蜂蜜のようなブロンドで、瞳は透明感のある水色。肌が真っ白で人形のように可愛らしい、どこか儚げな美少女だ。

その美少女が私を指差し、

「そこのあなた。廊下にいらっしゃい」

と言った。綺麗な声なんだけど、まるで命令するような口調だ。

(……私？　なんで？　初めて会う人なのに)

しかしどう見ても美少女の指は私に向けられている。首を傾げながら席を立つと、エマさんが「あっ……」と何か言いたそうに声を上げた。

でも美少女が急かすような鋭い目線を送ってきたので、そのまま廊下に出る。

(この人とは初対面だし、挨拶した方がいいよね)

聖女として働き出して一週間ぐらいだから、まだ挨拶も交わしていない人が多かった。

「ご挨拶がまだでしたね。私はヴィヴィアンといいます。未熟者ですが頑張りますので、どうかよろしくお願いします」

ぎこちないカーテシーをすると、美少女の視線がさらにキツくなる。

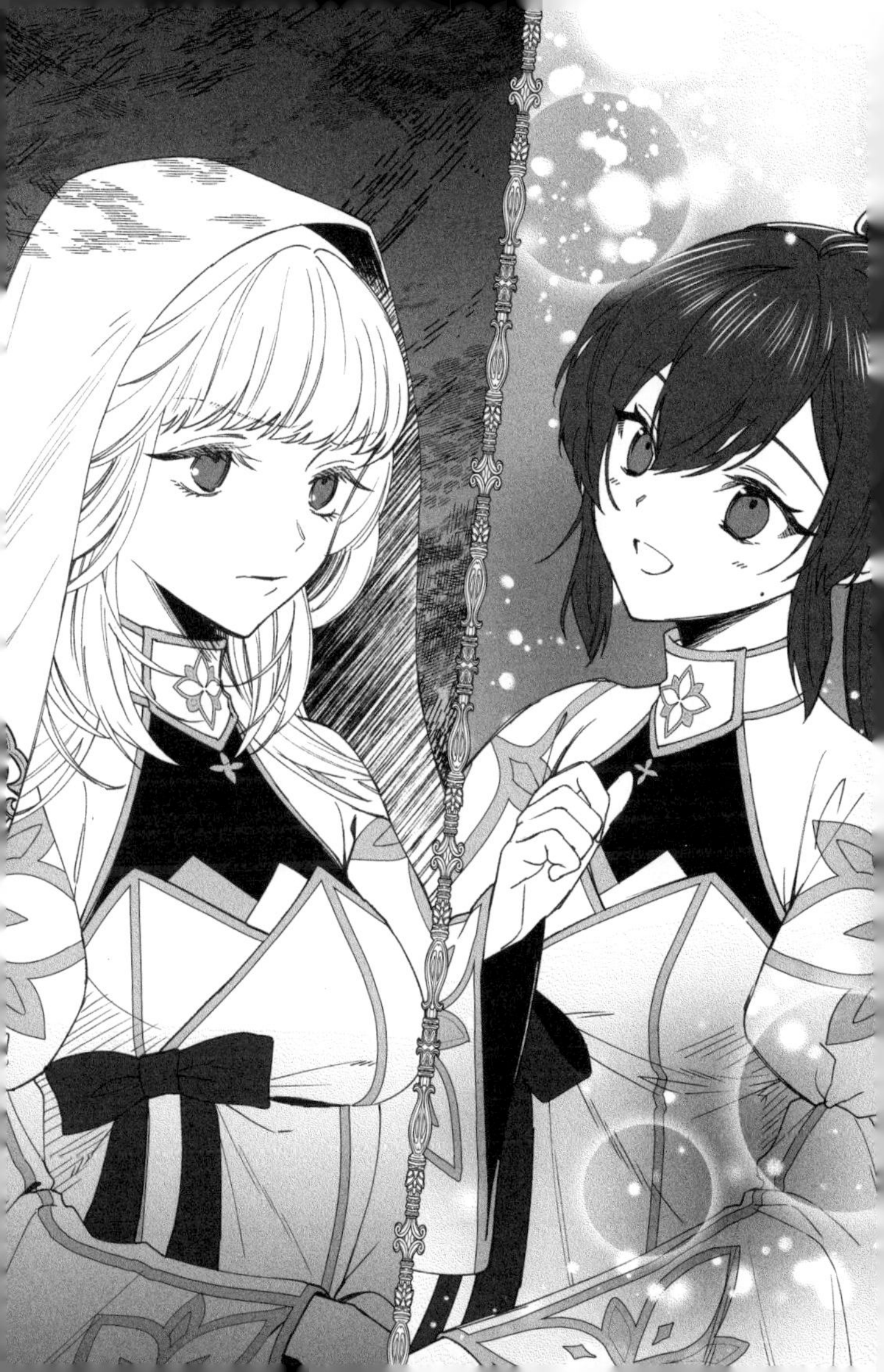

「あなたに先に話すことを許した覚えはないわ。……これだから田舎の格下貴族は」

「えっ⁉　どうして田舎もんって分かったんですか？　今は聖女の服を着てるのに！」

こんな清楚な服を着ていても、長年染みついた芋っぽさは隠せないんだろうか。

動揺しながら叫ぶと、美少女は不快そうに眉根を寄せる。

「あたくしは上位貴族の令嬢の顔は全員覚えているのよ。あなたの顔は記憶にない。つまり、王都に住めないような下位の田舎貴族ということでしょう」

「ああ、そういうことですか！　よかったぁ……！」

「……何を喜んでいるのかしら。自分がバカにされているという自覚はないの？」

相手の怒りがさらに深くなったようなので、私は大人しく口を閉ざした。

（冗談が通じないタイプの人みたい。でもおかしいわね、教会の中では大聖女と監督官以外には序列がないはずなんだけど）

聖職者のほぼ全てが上位貴族ではあるが、クラリーネ様からは「聖職者の間では貴族としての爵位は関係なく、聖職者としての序列が優先です」と説明があった。

目の前の美少女は大聖女でも監督官でもない。つまり私たちは同列のはずだ。

疑問が顔に出ていたのか、彼女は得意げにふっと笑った。

「あたくしはルシャーナ。ルシャーナ・ルーチェ・エバンスよ。――ああ、これだけの紹介だと、田舎者のあなたには分かりにくいかしら？　フラトン二大公爵家の一つ、マーカム公爵家の令嬢とはあたくしのことよ」

もう少しで「あっ」と大きな声を出すところだった。

（アレク様が言ってた聖女って、この人のことだわ！）

教会で働き始めてすぐの頃、彼は私に「ルシャーナというハニーブロンドの聖女には近づかない方がいいよ」と忠告していた。その時は過保護だなぁと楽観的に考えてしまい、適当に「はい」と返事をして忘れてしまったのだ。

フラトンではハニーブロンドはかなり珍しい。名前と髪の色が記憶を揺さぶって、ようやくあの時の忠告を思い出した。

（なんでそんなこと言うのかなって、不思議だったけど……。こういうことだったのね）

確かにこの公爵令嬢の性格を知っていれば、私とは気が合わなそうだと簡単に予測できただろう。嫌味を言いに来たんだろうか。

「あの男に気に入られたからって、上位貴族の仲間入りをしたと勘違いしないでちょうだいね。毎日馬車で送り迎えしてもらって、さぞかし鼻が高いのでしょうよ。でも自分が貴族としては底辺なのだとしっかり認識しておきなさい」

（やっぱりだわ。この人もアレク様のこと知ってるみたい）

二大公爵家という関係なら、家を介してのやりとりが何かしらあるのだろう。でもルシャーナ嬢の発言から考えても、二人はお互いに嫌っているような印象を受ける。

過去に何かあったのかな、と考えながら「はい」と返事をしておく。

「聖女としてもっとも優先すべきは、神聖力を持つ子を産むことよ。服のデザインなんか、平民がやる仕事なの。余計なことをしないでくださる？」

（あっ、これが本題ね！　新しいスカートが気に食わないって言いたいんだわ）

「ルシャーナさんは新しいデザインのスカートは嫌なんですね？　ではあなたの分は、今までのデザインで作っておきますね」

気を利かせたつもりだったけど、失敗だったようだ。

ルシャーナ嬢は拍子抜けした表情になり、次の瞬間には怒りを露わにして叫んだ。

「馴れ馴れしく呼ばないで！　あたくしの名が汚れるわ！」

そして肩を怒らせながら廊下を歩いていく。ルシャーナ嬢の姿が見えなくなると、部屋のドアがそっと開いて誰かが顔を出した。エマさんだ。

「ご、ごめんねぇ……。あの人のことまだ話してなかったわ。つらかったでしょう」

「大丈夫です。確かに強烈な人だったけど、色々と教えてもらいました」

「ヴィヴィさん、強いわね……！　その調子ならあの人とも張り合えるかもしれないわ。ルシャーナさんはね、現時点では最も報奨に近いって言われてるのよ。回復魔法の詠唱が早くて正確だし、強度の調整も得意なのよね」

「でもあの人、私のことは歯牙にもかけないって感じでしたよ」

デザインなんか平民の仕事だと言ってたから、私のことは貴族とも思ってなさそうだ。

「本当に歯牙にもかけない相手だったら、わざわざ牽制（けんせい）に来たりしないでしょ。多分だけど、ルシャーナさんは報奨に選ばれて、大聖女へ出世する足がかりにしたいのよ。エバンス家としての意地みたいなものじゃないかしら」

「……意地？」

「あっ……私ってば本当に言葉足らずだわね。あのね、エバンス家は――」

エマさんが話してくれたのは、聖職者の古い歴史だった。

フラトンが建国された際、聖騎士団の団長はフェロウズ家から、そして大聖女はエバンス家から選ばれたらしい。それが近年までずっと代々続いた結果、聖職者たちは二つの家の派閥（はばつ）で分かれてしまった。

しかし十年ほど前から、エバンス家が後押しする大聖女や大神官が問題を続けて起こしたため、今代（こんだい）ではどちらの派閥にも属さないクラリーネ様が大聖女となったのだ。

「だからまあ、ルシャーナさんにとってはヴィヴィさんがライバル候補ってことなんだと思うわ」

「ライバルにはほど遠いですよ……。私まだ回復魔法をちゃんと詠唱できないんです」

「詠唱なんて場数を踏めば大丈夫よ。彼女が一番気にしてるのは、ヴィヴィさんが持ってる不思議な加護だと思うわ。あなただけの特別な力だもの」

「そう……なんでしょうか」

エマさんに言われても、やっぱりまだピンとこない。

（聖女なんだから、加護より回復魔法を使えることの方が重要よね……）

服のデザインを考えるのはすごいことかもしれない。魔物を寄せ付けない加護も役に立つだろう。

でも聖女なのに回復魔法を使いこなせないなんて、聖職者としては失格なんじゃないか――そんな考えが頭の中をちらついて、ぎこちない笑顔しか返せなかった。

翌日、私は非番で休みだった。

アレク様も私に合わせて休みをとったようで、白いシャツと黒いスラックスというラフな格好をしている。首元に簡素なタイもしていない。

だいたい非番の日はこんな服装だから、彼は着飾るのが好きではないようだ。

私はというと、休日は自作の服かライラさんの工房で買った服を着ている。従業員は割引で服を購入できるので、私のようにお金を貯めたい人間にとっては好都合だった。

（今日は縫い物のことは忘れて、回復魔法の練習に集中しよう）

そんなことを考えながら食後のお茶を飲んでいると、アレク様が私を気遣わしげに見ている。

「昨日、教会で何かあった？　昨夜から元気がないような気がするけど」

「……あったような、なかったような……。ちょっと説明しにくいです」

昨日はとてもいい出来事もあったけど、終業の頃には少し落ち込んでいた。でも落ち込む原因は自分にあるから、話しても意味がないような気もする。

（どこまで話したらいいかな……。アレク様が心配してたことだけでいいかな？）

私は迷った挙句、スカートのデザイン変更とルシャーナ嬢が私に会いに来た話を伝えることにした。

「……ということで、アレク様がせっかく忠告してくれたのに、それを活用できませんでした。すみません。でも元気がなかったのは別件なんです」

「本当か？　実はルシャーナのせいで元気がなかったんじゃないのか？」

いつもの柔和な笑顔で口調も柔らかいんだけど、目が笑っていない。これは危険な匂いがする。

「いえっ、ルシャーナ嬢は全然関係ありません！　個人的な理由です！」

ルシャーナ嬢が引き金になったのは確かだけど、私のせいで二大公爵家の間に亀裂が入ったら困る。――もうすでに入ってるかもしれないけど。

アレク様は何かを考え込み、やがて顔を上げた。

「念のため、『互換』をしておいた方がいいかもな。不安材料は潰しておきたい。ちょっと俺に付き合ってくれる？」

「いいですけど……」

（聞いたことない単語だったわ。神聖魔法の何かかな？）

差し出された手を取って廊下を進む。

同居してからというもの、アレク様はちゃんと紳士だった。あの『素』のアレク様は幻だったのかと思うぐらい、静かで平穏な日々だ。だから安心して彼の手を握っている。

（あの時のアレク様は、私が聖女になるって言ったせいで混乱状態だったんだわ。それで変な言動になっちゃったのね）

「この部屋を使おう」

一階の隅にあるその部屋は、とても殺風景だった。窓があるから明るいけど家具がほとんどないし、絨毯も敷かれてなくて床がむき出しだ。窓のすぐ横に小さなテーブルとソファ。あとは大きな傘立てみたいな箱が一つ置かれている。

（でも中身は傘じゃない……よね？　丸まった絨毯みたいなのが、何本か刺さってるわ）

アレク様は私にちょっと待つように言い、箱からそれを一つ引っ張り出した。床に置いて広げていくうちに、中身の模様が見えてくる。

「わぁ……！　これ、魔法陣ですよね？」

アレク様が床に広げたのは魔法陣だった。授業で使う教本に何個か載っていて、いつか本物を見てみたいと思っていたのだ。円の内部には聖クラルテ語がびっしりと記述されている。

(か、カッコいい。魔法陣ってなんかカッコいい！)

脳内の呟きがクリス化している。これでは弟に「興奮しすぎよ」なんて偉そうに言えないけど、実物を前にして私の興奮は最高潮に達した。アレク様はまた箱の方に行って、今度は剣を手に戻ってくる。そこでやっと私は一つの疑問を覚えた。

「あれ？　でも聖騎士って、神聖魔法は使えないんじゃなかったですか？」

クラリーネ様の説明ではそう聞いたし、実際に巡回には神官か聖女が同行する。この魔法陣は使えないのではないだろうか？

私の疑問に、アレク様は剣を鞘から抜きながら答えた。

「正確に言うと、聖騎士は魔法陣を介してじゃないと神聖魔法を使えないんだ。俺たちは神聖力を体や剣に流すのは得意だけど、外に向かって放つことはできない。魔法陣の霊点という部分に剣を突き立てることで、ようやく神聖魔法が使えるようになる」

「へぇ～！　初めて知りました」

教本の魔法陣は参考ぐらいの記載量で、詳細はほとんど書かれていない。

ただ、神聖力がどこかで途切れないように、一本の繋がった線で描くという決まりがあるらしい。エリゼオ様の話では実際に使えるまでに何年も勉強が必要とのことだったから、こうして実物を見れるのはとても幸運だ。きっと何年も勉強したんだろうな……。

（自分で魔法陣を作っちゃうなんてすごいなぁ。

アレク様って努力家なのね）

ワクワクしながら魔法陣の外で待っていると、彼は中心にある霊点に剣を突き立てて私に手招きしている。

「？　私もそこに立つんですか？」

「うん。これは二人で使う魔法陣なんだ。今から使う神聖魔法は『互換』といって、相手と神聖力を共有する効果がある」

「共有……二人のお給金を一つの財布に入れて、二人で仲良く使うってことですか？」

「……そうだな、きみにはそれが分かりやすいかもな。『互換』すると使える神聖力が二人分になるんだ。よほどのことがない限り、神聖力が切れることはないと思うよ。あとは――例えばヴィヴィがどこかで迷子になったりした時に、位置を探し当てることもできる。

……でも」

アレク様はそこで言葉を切り、私と視線を合わせた。

「でも？」

「きみがどうしても嫌と言うなら、やめておくよ」

「嫌じゃありません。今の説明でちゃんと納得しました。私は『互換』をやってみたいです」

お互いにメリットがあると分かったし、私はとにかく今すぐにでも魔法陣が起動するところを見たかったのだ。

しかし興味津々(きょうみしんしん)で魔法陣を観察する私の耳に、低い声がかすかに聞こえてきた。

「………へぇ。ずい分俺を信用してくれるようになったんだな……」

（え？　笑っ……た？）

アレク様が横を向いたので、私が立つ位置からは彼の顔がよく見えなかった。でも少し──ほんの少し見えた横顔が、腹黒そうな微笑(ほほえ)みを浮(う)かべていたような……？

（まさかね、気のせいでしょ。ここまでよくしてくれる人を悪く言ったら駄目だわ）

かぶりを振って頭から疑念を追い出す。剣を支えていたアレク様が私に指示を出した。

「剣の柄(つか)を握って」

「はい、……!?」

言われた通りにすると、武骨で大きな手が私の手の上から柄を握る。

（うっ、これは……またあの症状(しょうじょう)が……！）

心臓がドキドキしてきた。なぜか胸が苦しくなり、精神を落ち着けるために深呼吸する。

（落ち着け、心臓落ち着け！）

しかしさらなる悲劇が私を待っていた。

「少しだけ我慢してくれ」

「っ、えっ⁉」

アレク様の麗しい顔がどんどん近づいてくる。手を握られているから逃げ場もなく、とうとう黒い髪がさらりと私の額に触れた。

(なっ何するの⁉　まさかキスとかじゃないよね⁉)

顔が燃えそうなほど熱くなって、目をぎゅっと閉じる。息までとめていると、おでこにコツンと何かがぶつかった。

(………お、おでこを合わせただけ⁉　それでもドキドキするけど……私は何を……)

ひとりで勝手に勘違いして、アワアワしてた自分が恥ずかしい。ますますぎゅうっと目を閉じていると、アレク様の滑らかな詠唱が始まった。

「《相対する杯を満たす聖水よ。血より紅き茨、骨より重き鎖となって二つを繫留せよ。其は等価を与える契約なり》」

ほとんど聞き取れなかったけど、耳に心地いい声だった。まるで子守唄のようで心が落ち着いてくる。同時に剣の柄を握った手から何か温かいものが流れ込み、それは全身を伝って額から抜けていった。とても不思議な感覚だ。

アレク様が額を離し、囁くように言う。

「終わったよ」

「は……、ひっ」

目を開けたら予想以上に彼の顔が近くて、喉から勝手に裏返った変な声が出た。しかも足腰がガクガクしてしまい、床にみっともなく座り込んでしまう。

私の様子にアレク様は苦笑し、しゃがんで目線を合わせた。

「ひっ、てひどいな。そんなに嫌だった？」

「ち、違うんです。最近なんか体がおかしくて……。心臓が勝手にドキドキするし、息も苦しくなるんです。でも休んでたら治りますから」

「…………ふぅん」

（あれ？　思ってたのと反応が違う）

てっきり「医者を呼ぼうか」なんて大げさなことを言うだろうと思ってたのに、アレク様は微笑みながら私を見ているだけだ。

でもその笑顔が、普段と少しだけ違って……どこか満足そうに見える。

（――って、そんなわけないわ。私が病気になってアレク様が満足するなんて、どう考えてもあり得ないわよ。目までおかしくなったのかな）

私は目をこすりながら立ち上がって、よろよろとソファに向かった。その間にアレク様は一度廊下に出ていたけど、戻ってきた時には水の入ったグラスを手に持っている。

「水を飲むと落ち着くんじゃないか？」

「あ、ありがとうございます」

受け取って飲んでいると確かに落ち着いてきた。アレク様は一人分の距離をあけてソファに座り、私の様子を見ている。顔を上げると、床に広げられた魔法陣が視界に映った。

「……アレク様はすごいですね」

「ん？ どうしたの急に」

自分でも何を言い出すのかと驚いた。こんな暗い話なんか、アレク様は聞きたくないだろう――そうと分かっているのに、私の口は止まらない。

「聖騎士として魔物を討伐しながら、魔法陣まで作っちゃうなんて本当にすごいことです。……私も一応は頑張ってるんですけど、なかなか成果を出せなくて……」

生まれた瞬間から聖職者だったアレク様と私を比べるのは間違っている。彼は何年も努力を続けたからこそ博識になり、今の地位を獲得したのだ。つい先日聖女になった私とは何もかも違う。

（それは分かってるんだけど……。私はとちってばかりで、簡単な回復魔法も使えてない）

緊張のせいか、気合が入りすぎているせいか、私は詠唱を間違えてばかりだった。

しかも間違えるたびに「また失敗するかも」と考えてしまい、負の連鎖状態だ。

「もしかして、回復魔法のことで悩んでるのか？」

何かを察したアレク様が、魔法陣を眺めながら言う。

「……はい。まだ一度も成功してないんです。誰かの怪我を治したくて聖女になったのに」

「じゃあ俺が手伝ってあげるよ」

場違いなくらい明るい声だった。

「…………はい？」

彼はぽかんとする私に構うことなくソファから立ち上がり、魔法陣の方へ歩いていく。

そして床に置かれた剣を拾ったかと思うと、

「この傷を治してみて」

なんのためらいもなく剣で手の平を切ってしまった。

「なっ、何して……⁉」

何考えてるんですか、と怒鳴りそうになった。でも手の平からポタポタと床に落ちる血の雫に、今はその時じゃないと意識を切り替える。

（とにかく今は傷を治さないと……！　あれぐらいなら、一番軽いのでいけるはず！）

基本の回復魔法は軽傷から重傷まで三種類ある。でも今回の傷なら、軽傷用の呪文がちょうどいいはずだ。私はアレク様の元に駆け寄って詠唱した。

「《聖なる御手の施しを受けよ！》」

私の手から白い光が溢れ、アレク様の手の平につけられた傷を瞬く間に治していく。元通りの綺麗な手に、ホッと息をついた——が。

「……あれ？　できちゃった……」

練習の時は何度やっても駄目だったのに、あっけなく成功してしまった。あの苦労はなんだったのか。

呆然と自分の手を見つめていると、アレク様がまた底抜けに明るい口調で言った。

「やっぱりな、ヴィヴィは本番に強いタイプなんだよ。成功すると思ってた」

ニコニコと笑っている。自分は何も悪いことはしてません、という朗らかな笑顔だ。見ていたらムカムカしてきた。

「……成功すると思ってた、じゃないでしょ‼」

広い部屋に私の大音声が響き渡る。でも当の本人はきょとんとしていて、私の怒りはさらに燃え上がった。

「こんなことして、私が喜ぶとでも思いましたか⁉　確かに成功はしましたけど、だからって魔法の練習のためにわざと傷を作られても、全然嬉しくないです！」

「でも怪我はちゃんと治せただろ。俺は今の過程は必要だったと思うけどな」

小首を傾げている。まるで何も分かってない子どもみたいだ。

「……っ、あのね、治せると分かってる傷でも、切ったら痛いでしょ⁉」

「痛いよ。でも俺は仕事柄、痛みには慣れてるからな。これぐらいは平気だ」

（だ、駄目だわ。正攻法じゃ通用しない……）

あまりにも言葉が通じなくて、焦りと疲労感ばかりが蓄積していく。私は最後の手段を使うことにした。

「……私、自分を大切にしない人は好きになれません」

瞬間、アレク様の顔から朗らかな笑顔が消えた。すごく整った顔のせいで、無表情だと氷の彫像みたいで少し怖い。私は彼の顔から視線を外しつつ、「ここで退くわけにはいかない」という意地で話を続ける。

「好きになるなら、同じ価値観の人がいいです。自分も相手も大切にできる人じゃないと、……っ⁉」

なんでそこで視線を戻してしまったんだろう。見なければよかったのに、アレク様がずっと無言だから気になってしまったのだ。

私の視線の先で、彼はこれ以上ないくらい嬉しそうに笑っていた。どう見ても叱られている人間の顔ではない。

「な、なんで……そんな、嬉しそうに……」

「嬉しいに決まってるだろ。だってさ……きみは最初、俺のことを金づるぐらいにしか思ってなかった」

ひゅっ、と息を呑む音。それが自分の喉から出た音だと気づくまでに、数秒かかった。

（きっ、気がついて、たのっ……!?）

心臓がバクバクと激しく鼓動し、脳が「なんとかうまく誤魔化せ」と必死に指令を出している。

「まっ、まさか……公爵様を相手に、そんな失礼なこと……」

「そうそう、公爵という地位が功を奏したんだ。俺はヴィヴィに出会うまで、爵位なんかどうでもいいとさえ思ってたんだよ。でも俺が公爵で、しかも金を持っていたからこそ、きみは取り引きに応じてくれたんだよな？」

「…………」

もう駄目だ。何を言っても誤魔化せそうにない。

「最初はただの金づるだったのに今では俺の体を心配して本気で怒ってくれるし、わざと傷を作ったら嫌いになりますよ、なんて優しく脅してくれる。……極めつけは『これ』だ」

うっとりしながら話していたアレク様は、突然私に接近して顎をくいっと持ち上げた。

（ううっ、また!?）

かっと火がついたように顔が熱くなり、反射的に目を閉じる。目蓋の向こう側でアレク様がふっと楽しげに笑う気配がした。

（な、何がおかしいのよぉ……！）

悔しくなって目を開ける。私は自分で思っていたよりも負けず嫌いなのかもしれない。

視線の先では予想通り、アレク様が『素』の顔でニヤッと笑っていた。

(騙されたっ……！　いつもは隠してるだけで、本当のアレク様はこっちなんだわ！)

「『互換』の時も今みたいに、ヴィヴィの顔が真っ赤だったんだ。異性として意識してもらえるなんて最高に嬉しいな。でもきみは同じ価値観の男がいいみたいだから、わざと怪我をするのはもうやめておくよ」

　価値観を合わせるためにやめるって、何かがズレている。でもそれを指摘する余裕は私にはなかった。

「……い……異性……？」

(それは——私がアレク様を、男性として意識してるってこと？)

「……意外なことを言われた、って顔だな。そうか……。自分でも気がついてなかったんだな」

「ちょっ、待って！　勝手にひとのこと分析しないでください！　私はっ……!?」

　顎にかけられた親指が、そっと私の唇を撫でた。それだけでまたカーッと顔が熱くなり、何も言えなくなってしまう。

「……っ、うう……」

「……ごめん。嬉しくて調子に乗りすぎてしまった。疲れただろう、部屋まで送るよ」

息苦しさに目が潤んだ瞬間、アレク様が優しく囁いて私を横抱きにした。もうドキドキより疲労感の方が強くて、広い胸にもたれてグッタリする。

(私……この人を意識してる？　だから胸が苦しくなるの？　よく分からない……)

今までの私の人生は、クリスが中心だった。弟を育てるために『母』になり、恋愛なんて二の次だったから、自分に何が起こっているのかなんて分かるわけがないのだ。

「ゆっくり休んでて。食事の時間になったら、また迎えに来るよ」

アレク様は壊れ物を扱うような丁寧さで私をベッドに寝かせ、頭を優しく撫でて出て行った。

「……迎えに来る？　うっかり寝ちゃったら、寝顔を見られるってこと？」

慌ててガバッと起き上がり、鏡台で髪の毛を整える。だらしない寝顔を見られるなんて絶対に嫌だ。

(あっ！　こんな風に考えるなんて意識してる……の？　わ、分からないっ……！)

自分がドツボにはまっている自覚もなく、しばらく私は悩み続けた。

数日がたち、私は聖騎士団の巡回に同行することになった。教会用の白い馬車に乗り、

王都を出て北へ向かっている。本来はルシャーナ嬢の当番ではあったが、彼女はなぜか当日になるたびに熱を出して寝込むらしい。

「でもね、彼女の熱は仮病だって噂もあるのよ」

馬車の中でエマさんが言った。馬車の中には私を含め、四人の聖女が乗っている。キュロート作りはなんとか間に合ったから、動きやすくて快適だ。

神官の一人が御者として馬車を動かしてくれている。

「仮病だって思う根拠があるってことですか？」

「そりゃあね。だっていつもは元気なのに、当番の日だけ熱を出すなんて不自然でしょ？　一度だけエバンス家のお屋敷にお見舞いに行ってみたんだけど、お会いできる状態ではありませんので、なんて断られちゃってね。結局本人には会えなかったわ」

私とエマさんが話していると、他の聖女たちがためらいがちに口を開く。

「屋敷ぐるみで隠ぺい工作されたら、さすがの大聖女様でも強くは言えないわよね」

「そりゃね、まさかエバンス家まで押しかけて仮病を暴いたりできないでしょ」

（……仮病のフリするぐらい、討伐に同行したくない理由があるってことかな）

ルシャーナ嬢のやり方はともかくとして、私は今回の件をむしろ幸運だと思っていた。

何しろ彼女が拒否してくれたお陰で、私は聖騎士の巡回に同行できたわけだ。

（もしかしたらアレク様が戦うところを見られるかも？　ちょっとワクワクするわ……！）

アレク様が怪我をしたらと考えると怖いけど、それでも私は彼が魔物と戦うところが見たかった。

　でもこれはあくまで聖騎士としての彼の活躍ぶりが見たいだけで、異性として意識しているからではない。――多分。

　例の件について悩んでると頭が爆発しそうになるので、最近ではあまり考えないようにしていた。思考がそっち寄りになったら、頭の中でお金を数えて心を落ち着けている。

　馬車は深い森の中でとまった。扉が開けられて、外を見るとカルロス君が立っている。

「今日は僕が、神官さんと聖女さんたちの護衛をしますね」

「……え？　カルロス君だけで？」

　周囲を見ても聖騎士はカルロス君だけだ。彼は子犬のような人懐っこい笑顔を浮かべると、先頭に立って歩き出した。私たちは彼にぞろぞろとついて行く。

「聖騎士の隊はかなり先行してます。今日は四つの隊に分かれて巡回中ですが、もうこの辺りの魔物は討伐済みなので安心してください」

「そうなんですか」

　そこでなぜかカルロス君は私に少し近寄り、小さな声で言った。

「ヴィヴィアン様の加護があるから、護衛は一人だけで大丈夫だと判断されたんですよ。この辺りには中型の魔物しか出ませんからね。今までは護衛に五人の聖騎士をつけていましたが、それだと僕たちの負担も大きかったんです。あなたのお陰で仕事がしやすくなりました。ありがとうございます」

「そ、そんな、お礼なんて……。でも役に立ててよかったわ」

じんわりと胸が温かくなり、聖女になってよかったと改めて思った。

エマさんたちも後ろで「本当に魔物が出ないわね」と不思議そうにしている。しばらく歩いても魔物の気配はなく、気が抜けた頃に遠くから「ズズン！」と重い物が落ちたような音が聞こえてきた。

「今の音、何かしら」

「地響きみたいだったわね。すごく重い物が落ちたような……」

カルロス君の顔に緊張が走り、上空を眺めていた彼は小さく舌打ちしている。

「すでに巡回済みの地点だ。どこかに隠れていたんだな……！　すみません、ちょっと急ぎます！　怪我人が出たかもしれない！」

歩く速度が速くなり、ほとんど小走り状態で森の中を進む。

（キュロートでよかったわ。前のスカートじゃ走れなかったわね）

進んでいるうちに、上空に小さな黒い点が見えてきた。その点はすごい速度で動いていて、地上に降りたり上空に戻ったりしている。エマさんが悲鳴のような声で叫んだ。

「嘘でしょ!?　あれって翼竜じゃないの!!　なんでこんなところに……!?」

（翼竜⁉　あれが……）

通常であれば教本でしか見ることのできない、鋭い爪と大きな翼を持つ大型の竜。イベティカ山脈のどこかに巣があるとされ、人里近い場所には出てくるはずのない魔物だ。

「こっちだ！　治療を頼む！」

聖騎士の一人が大木の近くで手を振っている。彼の元まで駆け寄ると、怪我を負った数人の聖騎士が樹木にもたれかかっていた。どの聖騎士も肩や背中がざっくりと深く切れていて意識がない。

「かなりの重傷だわ。私はこの方を治療するから、皆は他の方をお願い！」

「はい！」

エマさんの指示で、私は背中を深く切られた聖騎士に近づいた。出血がひどい。

（これは間違いなく重傷用の呪文ね）

一度だけ深呼吸をし、肺に新鮮な空気を入れる。非常に不本意ではあるが、アレク様の荒療治のお陰で、私は基本の回復魔法を全部マスターしたのだ。

「《遥夜の果てに輝く暁光よ、我が聖水を以て欠けた杯を満たせ！》」

詠唱した瞬間、指の先から血が抜けていくような感覚があった。くらりと目眩がして、倒れないようにぐっと歯を食いしばる。

（一番神聖力を使う呪文だから、体の負担も大きいっ……！　――……あれ？）

しかし目眩がしたのは一瞬だけで、治療が終わる頃には体が楽になっていた。その時にやっと『互換』のことを思い出す。

（そうか、消費した分はアレク様の神聖力が補ってくれたんだわ。頭では分かってたつもりだけど、実際に体感すると不思議な感じ）

治療が成功してホッとしたけど、翼竜はまだ暴れ続けている。鋭い爪は岩も簡単に砕いてしまうし、翼からカマイタチのような風の刃も出すのだ。しかも攻撃が終わるとすぐに空へ逃げてしまうから、聖騎士たちはかなり苦戦しているようだった。

「危ない、逃げてください！」

カルロス君が私たちの方へ向かって叫んだ。横からメキメキと嫌な音が聞こえてきて、ハッと振り返ると、こちらへ倒れてくる大木が見える。

（さっきの地響きはこれだったんだ！）

危険だとは分かっても、私たちは逃げるわけにはいかなかった。治療が済んだ聖騎士たちがまだ目を覚ましていない。

（ど、どうしよう⁉　この人たちを置いていけないし！）

迷っている間にも倒れた木が近づいてくる。絶望に目を閉じた瞬間、ふわっと風が吹いて聞き覚えのある声がした。

「大丈夫か⁉」

恐る恐る目を開けると、アレク様の後ろ姿が目の前にある。私たちに迫っていたはずの大木は遠くに吹っ飛び、ズズン！　とすごい音を立てて地面に落下した。

（——え？　まさか蹴り飛ばしたの？　あんな重そうな木を？）

ぽかんとしてるとまた風が吹き、アレク様の姿が消えて、次の瞬間には彼は上空を飛ぶ翼竜に切りつけている。速すぎて何がなんだか分からない。

目を凝らしてよく見ると、彼が持つ剣が光を帯びて刃が伸びているように見えた。

（す、すごい！　あっ、また体が……）

体がほんの少しだけ重くなり、体内の神聖力が減ったのが分かった。あそこまで強力な攻撃をすると、アレク様もかなり神聖力を消費するらしい。

翼を切られた翼竜が落ちてきて、聖騎士たちの一斉攻撃が始まった。もう大丈夫そうだ。

アレク様を見つめる団員たちの瞳には、確かな信頼と強者に対する憧れが宿っていた。

「空まで飛び上がるとか、剣を光らせて巨大化させるとか……。聖騎士ってあんなこともできるんですか？」

「まさか。あんなことができるのは、団長様だけよ」

エマさんが苦笑しながら言った。そして「すごいけど、ちょっと怖いかな」と呟く。

（怖い？　アレク様が？）

首を傾げてると、そのアレク様が息を切らしながら私の方へ走ってきた。翼竜の討伐が終わったらしい。

「大丈夫か？　怪我はない？」

「はい、私は大丈夫です。『互換』のお陰で体もつらくなかったですよ」

にこやかに答えたのに、なぜか彼は浮かない表情だ。

そして普段のアレク様では考えられないような、暗くて小さな声でぼそぼそと言った。

「……俺が戦うところ、見てた？」

「見ました。すごかったですね」

「…………怖くなかった？」

とても不安そうな表情だった。何かに怯えているようにも見える。

（もしかして……私が怖がるかもって考えて、怯えてるの？）

急に胸が苦しくなってきた。でもいつもみたいなドキドキではなく、きゅうっと締め付けられるような感じがする。また体が変だわ、と思いながらアレク様に笑顔を向けた。

「全然怖くありませんでした。皆の命が助かったのは、アレク様が頑張ってくれたからです。ありがとうございます」

彼がいなければ、恐らく私たちは全滅していただろう。だから本心からの言葉だった。

それが伝わったのか、アレク様がようやくホッとした表情になる。

（ああもう……。なんなの、この気持ちは。なぜか無性にアレク様を撫でてあげたい

（——って！　大人の男性に向かって失礼でしょ！）

これも彼を意識してるからなのか。もう本当に自分のことが分からない。

この時の私は、自分のことだけで手一杯だった。だからどうしてこんな場所に翼竜が出たのか、考える余裕なんてなかったのだ。

断崖の上から一人の男が双眼鏡を覗いている。風に吹かれて揺れる髪は蜂蜜のような見事なブロンドだ。彼の視線の先では今まさに聖騎士による翼竜討伐が終わろうとしていた。

「チッ、失敗か。翼竜を呼んでも殺せないとは……。あの男は真の化け物だな」

双眼鏡をおろし、男は憎憎しげに呟いた。彼の後ろには小柄な人物が立っており、か細い声で「ダーリック様」と主人を呼んでいる。

「やはり聖騎士団が我々を警戒しているようです。ペーレ草原の件で、何かの証拠を掴んだのかもしれません。聖石もかなり消費しましたし、もうこれ以上は……」

「馬鹿なことを言うな、まだなんの成果も出てないだろうが。まさかお前、自分だけ逃げるつもりか？　私の指示で動いたお前も同罪だからな。逃げようなどと考えるなよ」

ダーリックが言うと、侍従は小さな声で「重々、承知しております」と答えた。

フラトンでは召喚の魔法陣は全面的に禁止されている。召喚した魔物を使った殺人が横行し、召喚自体を禁止せざるを得なかったからだ。

ダーリックがしていることは、まさにその犯罪の再現だった。

「ですが、召喚ではダーリック様の望みは叶わないと証明されてしまったので……」

侍従の言葉にダーリックはもう一度舌打ちをした。

あの男が化け物のように強いことは知っていたが、さすがに翼竜を相手にすれば死ぬと思っていたのだ。かなり苦労して召喚した魔物があっさりと討伐された事実は、ダーリックをさらに打ちのめした。

（ちくしょうが！　なぜ私には奴のような力がない⁉　せめて奴の半分も才能があれば……！）

貴族の頂点となる未来は、生まれた時点ですでに約束されていた。しかしダーリックが真に望んだのは、聖騎士となり、彼らを統率することだった。母は聖女だったため、成長した自分が聖職者になるのは当然だと考えていた。――ただ、運が悪かったのだ。

（神官などただの鍛冶職人ではないか。何が楽しくて部屋に篭り、聖騎士のために剣を打たねばならんのだ！）

十五歳になる頃には、自分には聖騎士の素質がないのだと薄々気づいていた。それでも諦めきれず、十八になった年に聖騎士の戦闘技能試験を受け——失格した。

ダーリックには、剣に付与された聖紋の効果を発揮させることはできなかった。

父は息子に失望し政治に関する教育ばかりを施すようになった。その時点でダーリックの未来は決定したのだ。もう聖職者としてではなく、ただの貴族として生きるしかないと。

(この屈辱を、お前にも味わってもらうぞ……!)

双眼鏡を覗き込み、もう一度聖騎士たちの様子を確認する。ダーリックが憎む男は一人の聖女に話しかけているようだ。その表情から、男にとって聖女が特別な存在だと伝わってくる。

「あの聖女……奴がご執心の女だな。使えるかもしれん」

「私が彼女を呼び出しましょうか?」

「いや、それは不味いだろう。我々を警戒しているのだから、お前が教会の周囲に現れた時点で尾行されるはずだ。……別の人間を使おう」

そして今度こそ、地獄に引きずり落としてやる。

男が苦しむ顔を思い浮かべ、ダーリックはにたりと笑った。

第三章

翼竜の件でアレク様は多忙になったようだった。たまに王宮に呼ばれることもあり、帰りが深夜になることもある。今朝もアレク様の方が出掛けるのが早くて、私だけカルロス君に教会本部まで送ってもらった。

（大丈夫かな。体が心配だわ……）

アレク様の体に疲労が蓄積しているのは確実なはずだ。それでも彼は私の前では疲れた顔をせず、いつもにこにこと笑っているので余計に心配だった。

（でも、ああやって私には疲れを見せないところが……なんか切なくて、抱き締めたく――……ならない！　そんな破廉恥なことはしない！）

廊下のど真ん中で、私は自分の両頬をぱんっと叩いた。

（しっかりしなさいよ、王都には出稼ぎのために来てるんでしょ！　今は報奨に選ばれるかどうかを気にしてたらいいの！）

最近の私は色ボケしすぎている。こんなみっともない姿を父と弟が見たらなんて言うだろうか。

私が最も優先すべきことは、お金を稼いでクリスを学校に通わせることだ。ついでに家の修繕費も貯めたいし、お肉が買えるぐらいの食費だって送ってあげたい。

気合を入れなおして本棟の廊下を進んでいると、角の辺りでルカ君が手を振っている。

「どうしたの、ルカ君。また本棟に来ちゃったの？」

「おじさんに呼んできてって頼まれたんだよ。赤っぽい髪で、青緑の目をした聖女に用があるんだって。きっとヴィヴィ姉ちゃんのことだよ。ねえ、一緒に来て」

ルカ君は私の手を引いて、どこかへ行こうとする。

（おじさんって誰だろ。うーん……まぁ行ってみたらなんのことか分かるかな？　この子は見知らぬ人じゃないし、いいよね？）

今朝アレク様は出勤の前に、「見知らぬ人について行ったら駄目だよ」と驚くようなことを私に言った。いくらなんでも十七歳にもなって、見知らぬ人について行くわけがない。

（本当に過保護よね……。なんであんなに心配性なのかな）

手を引かれるままに進んで行くと、ルカ君は階段を下り始めた。この先は地下で、私はまだ行ったことがない。ここで何があるというのだろう。

「ここで待ってるって言ってたよ」

ルカ君は迷う様子もなく、通路の突き当たりにある扉を開けた。地下だから窓がなくて薄暗いけど、かなり広い空間で百人ほどは入れそうだ。

床には巨大な魔法陣が描かれ、外側の円の霊点には白っぽい石がいくつか置いてある。

（あの石……まさか聖石？　それに魔法陣の三日月みたいな特徴的な図形……これって転移魔法陣じゃないの？　教本でしか見たことないけど、多分そうだよね）

転移と召喚の魔法陣は膨大な神聖力を必要とするため、聖石という特殊な石を使うのだと習った。神聖力を内包するとても希少な石だ。

フラトンの各地に点在する教会は転移魔法陣によって繋がっており、呪文を唱えるだけで瞬時に移動できるらしい。

「おじさん、連れてきたよ！　あれ？　お面つけてるね」

「よくやったな、褒美をやろう。うまいミルクだぞ」

低い声にハッと顔を上げると、闇に溶けるようにして黒いローブを被った怪しい人物が部屋の隅にいた。ルカ君に瓶のようなものを手渡している。

「わぁい！　ありがと！」

「……っ、ルカ君、駄目！」

少し遅かった。ルカ君は受け取った瓶をためらいなく口に運び、美味しそうに飲んだかと思うと床にずるずると倒れてしまう。

「ルカ君⁉」

慌てて駆け寄り呼吸を確かめると、ルカ君は健やかな寝息を立てていた。何かの薬で眠らされただけのようだ。

「そう大騒ぎするな。その小僧の命をどうにかしようとは考えていない」

命令することに慣れた口調だった。床に膝をついてルカ君を抱き締める私を、仮面の奥から冷ややかな目が見ている。口元は歪むようにニヤリと笑っていた。

「そんなに顔を隠すなんて、よほど悪いことでも企んでるんでしょうね！　ルカ君に何かあったら絶対に許さないから！」

「……よく吠える下品な女だ。同類同士で気が合ったということか……。まぁいい、私はお前に用がある。一緒に来てもらうぞ」

仮面男は私の腕からルカ君を奪い、肩に担ぎながら「妙なことは考えるなよ」と腰に挿した短剣を見せつけた。分かりやすい人質だ。

抵抗することもできず、魔法陣の中央まで歩かされる。

（やっぱりどこかへ転移するつもりなんだ。この男は神聖力を持ってるんだわ。でも、神官にこんな奴いなかったと思うんだけど……）

仮面男はルカ君を担いだまま、詠唱を始めた。

「《尊き石よ、其の力を以てオルセンへの転移を宣告せよ》」

魔法陣が光り出し、眩しさに目を閉じると足元が浮くような感覚がした。転移が始まったのだ。

（――オルセン？　なんで……）

オルセンはエリゼオ様が領主を務める地域だ。この仮面男はエリゼオ様と知り合いなんだろうか。

（……多分、違うわね。オルセンはただの目くらましで、たまたま利用しただけのような気がする。何を企んで私を呼び出したんだろう）

いずれにせよ、仮面男が教会の内部事情に詳しいのは間違いなさそうだ。地下のこの部屋を知っていて、呪文も詠唱できるとなると……やっぱり神官の誰かなのか。

足元の光が収まり、次に目を開けた時には全く別の空間に立っていた。窓があって明るく、部屋も少し狭い。無事に転移したようだ。

「ついて来い」

仮面男が偉そうに言って部屋を出て行く。私はチャンスとばかりに叫んだ。

「誰か！　誰か助けてください！」

教会の支部には聖騎士と聖女が常駐しているはずだ。私とルカ君が助かるとしたら、今しかチャンスはない。でも何度叫んでも駆けつけてくる足音はなく、どの部屋も空っぽで誰もいなかった。呆然としていると仮面男がつまらなそうな口調で吐き捨てる。

「無駄なことを……。時間が勿体ない、さっさと歩け」

背中を鞘の先で押されて、教会の外に出た。

（なんで？　この男が何かしたせいで無人になったの？）

まさか協力者でもいるんだろうか。

その考えは当たっていたようで、裏門から出ると細い通りには馬車が用意されていた。御者もフードを被っているけど小柄な人物のようだ。馬車は私たちを乗せると街を抜け、森の中へと入っていく。しばらくして止まった先には朽ち果てた建物があった。

「ここで待て。大人しくしてろよ」

通された部屋の床には、魔法陣が描かれた布があった。転移魔法陣のように見えるけど、どこか変な感じがする。

（聖クラルテ文字の量が少ないような……。それに、月の図形も違和感があるわ）

授業では「転移魔法陣は古代の技術で解明されていないことも多く、教会にある転移魔法陣でなければ転移できない」と説明を受けた。

だとするとこれは似ているだけで、他の効果を持つ魔法陣なのかもしれない。

仮面男は古ぼけた椅子に座り、短剣を手に持ったままルカ君を腕に抱いている。あの子だけでも助けたいけど、仮面男とその仲間を相手に戦うのはあまりにも無謀だ。

（大丈夫、きっとアレク様が助けに来てくれる。『互換』で私の位置が分かるはずだもの。彼を信じて待っていよう）

私は部屋の隅に座り、祈るように両手を組んだ。

同時刻、アレクは教会の地下にいた。ルカという少年が幼少部にいないと騒ぎになり、さらにヴィヴィアンまで作業部屋に戻らなかったため、聖女と神官で捜索したらしい。

その結果、教会の転移魔法陣がある地下から一通の手紙が発見された。それには「二人を返してほしければ、シュレーゲン公爵だけでオルセンへ来い」と記されていたのだ。

「まさか子どもを利用するとは思ってなかったな……。呼び出すのは侍従のはずじゃなかったか？」

「僕たちに警戒されてるから、当初の予定を変更したんでしょう。向こうも必死って感じですね。いっそあいつを常に見張ることができたら、現行犯逮捕も可能なんだけどなぁ。王宮に転移魔法陣があるのもズルすぎでしょ」

「見張るのは無理だろ、何しろ相手は大臣の一人だ。俺だって今すぐにでも奴を幽閉してやりたいが、証拠が何もないからな……。こちらも下手な手出しはできない」

アレクはカルロスと話しながら、剣を鞘から抜き放った。

「探知するんですか？　転移先はオルセンでしょう」

「念のためだ。奴だけがオルセンで待ち構えていて、ヴィヴィは別の場所という可能性もある」

剣をドッと床に突き立て、詠唱を始める。

「《契約を履行せよ。繋留せし杯の在り処を示せ》」

アレクの神聖力が手から剣へ、剣から地面へと流れ出した。じわじわとまるでクモの巣のように広がっていく。力の流れをかすかに感じ取ったカルロスは、思わず顔をしかめた。

「うわぁぁ……。ヴィヴィアン様を探すためだって分かってるけど、広がり方がえげつない……」

「静かにしろ、集中が途切れるだろ。——ああ、見つけた。ちゃんとオルセンにいるようだ。でも教会の内部ではなさそうだな……街の外だ」

「そこまで分かるってすごいですね」

さすがアレク様の執念の結晶だ——とカルロスは思ったが、口にはしなかった。

アレクは床から剣を抜き、鞘におさめた。

「オルセンの教会へ転移したら、また何かの指示を書いた手紙を残しているはずだ。まず俺一人で行き、三十分たったら第一隊を転移させる。その作戦で行くぞ」

「了解しました」

カルロスに指示したアレクは転移魔法陣の中央に移動し、霊点に剣を刺した。詠唱が終わると魔法陣から光が溢れ出し、次の瞬間にはアレクの姿は消えていた。

どれぐらい時間がたったのか。目を閉じた私の先で、仮面男が「来たか」と呟いた。ハッと目を開けて耳を澄ませると、砂利を踏むような音が森の奥から聞こえてくる。

しばらくして、開け放たれた扉の向こうに待ち望んだ人の姿が現れた。白い騎士服を纏ったアレク様だ。

「あ……っ、アレク様……！」

信じていたけど、やっぱり怖かった。最悪の場合、もう生きて会えないかもしれないと考えていたから、彼の姿に涙が溢れそうになる。アレク様は私とルカ君が無事なのを見てホッとした表情になったが、次の瞬間には冷徹な顔で仮面男を睨んでいた。

「指示通りに一人で来た。他の聖騎士はいない。二人を解放しろ」

（あっ、やっぱりそうなんだ！　仮面男の狙いはお金じゃないんだわ。アレク様に何かの恨みがあって、彼を呼び出すために私たちを誘拐したんだ）

身代金目的の誘拐ではなさそうだと思っていた。仮面男が着ている服はかなり上等なものので、お金に困っている様子はまるで感じられない。普段から命令することに慣れている言動から考えても、この男は貴族――しかもかなり上位の貴族のような気がする。

「女、立ってこちらへ来い」

仮面男が言った。短剣を鞘から抜いて、ルカ君の首元に当てている。

(言うこときかないと、傷つけるってことね……。このゲス男！)

しぶしぶ仮面男の元へ行くと、男は眠るルカ君の体を私に抱っこさせて、抜き身の刃を私の首にぴたりと当てた。

「シュレーゲン公は魔法陣の中央に立て。先に言っておくが、妙な真似はするなよ？　お前の大切な女が死ぬことになるぞ」

心底楽しそうな声だった。仮面男がこの状況に歓喜しているのは明らかだ。

(このゲス！　クズ！　地獄に落ちろ！)

私はもう悔しくて悔しくて、どうにかしてこいつをギャフンと言わせられないかとキョロキョロしてみたのだが、視線が合ったアレク様が「何もするな」と言うかのように小さく首を横に振る。

(うぐぐ……！　でもこのままだと、アレク様が怪我をするかもしれないのに！)

アレク様はゆっくりと歩き、魔法陣の中央に立った。そして私に視線を合わせ、小さな子に言い聞かせるような優しい口調で言った。

「ヴィヴィ。少しの間でいいから、目を閉じていてくれ」

「……？　はい、分かりました」

なんのためかは分からないけど、私が目を閉じることでこの絶体絶命な状況が変わるならなんでもいい。そう思って目を閉じた途端、周囲の空気の質が変わった。

（何、この感じ……。空気が体に圧し掛かってくる。まるで水の中にいるみたい）

そんなことはあり得ないはずなのに、ほんの少しだけ空気が重くなったように感じる。

同時に『互換』の効果で神聖力の減少が私に伝わり、この現象はアレク様が起こしたのだと分かった。

（こんな効果を持つ神聖魔法はなかったはずよね。私みたいに異質な力を持つ聖職者って、アレク様のことだったの？）

「っ、ぐ……！　この化け物がっ……！」

すぐ後ろから仮面男の呻く声がした。首に当てられた短剣の感触が消え、ドサッと何かが落ちる音。仮面男が床に膝をついたらしい。苦しそうな呼吸まで聞こえてくる。

「……ッ、ハァッ、ハァッ……！　お前など、偽の公爵のくせに！」

仮面男が悔し紛れに叫んだ瞬間、私の腕に抱っこされたルカ君が「ううん」と声を出した。それで私も目を開けてしまい、同時に不思議な空気の重さが消える。

「――あっ、逃げた！　アレク様、仮面男が逃げました！」

男は落とした短剣もそのままで、割れた窓から外へ飛び出して行った。しかしアレク様は追いかける様子もなく、血の気の失せた顔で窓の外を睨んでいる。

（顔が真っ白だわ……こんなアレク様、初めて見た。でもショックっていうより、何かに怒ってるみたい）

空気がピリピリして、離れた私の位置まで彼の怒りが伝わってくる。追わなくていいんですか、と声をかけたいのに、それをためらってしまうような強い怒りだ。

「あの…………アレク様？」

やっとの思いで声をかけると、彼はハッと我に返ったようだった。

「……無事でよかった。よく頑張ったな。もう少しで第一隊が到着するはずだから、安心していいよ」

いつも通りの柔和な笑顔だけど、やっぱりどこかぎこちない。明らかに無理をして笑っている。

（さっきのゲス男が変なこと言ったせい？　化け物だの偽の公爵だの、好き勝手言ってたけど）

私は巡回に同行したから、アレク様が人並みはずれて強いのは知っている。

そして今、クラリーネ様が言っていた私以外の異質な力を持つ聖職者は、多分アレク様なのだろうとなんとなく分かった。

（化け物って言われたのを気にしてるの？）

「助けに来てくださってありがとうございます。……お疲れではないですか？」

「……ああ……」

アレク様は私と視線を合わせないまま、ぼんやりとした口調で答えた。何か考えごとをしていて、それだけで頭がいっぱいのようだ。

(あの男が言ったことなんて、気にしないでって伝えたいけど……今は無理みたい)

やがて聖騎士たちが廃屋(はいおく)にやってきて捜査(そうさ)を始めたけど、やっぱりアレク様の顔は強張(こわば)ったままだった。

私は三日間、教会の仕事を休むことになった。クラリーネ様が私の体調を心配したからだ。

ルカ君も幼少部で元気に過ごしているらしい。眠り薬のせいで誘拐されたことは何も覚えておらず、仮面男の素顔(すがお)すらほとんど忘れているのはむしろ幸運だった。

誘拐事件の日にオルセンの教会が空だったのは、郊外(こうがい)に魔物(まもの)が出てその討伐(とうばつ)をしていたからとのことだった。

ペーレ草原に出たヘルハウンドの群れ、そして巡回中に現れた翼竜。この二つの事件と今回の誘拐になんらかの関係があるのか、聖騎士団と王宮騎士団で調査中のようだ。

アレク様はさらに、誘拐犯が廃屋に残した魔法陣も調べているらしい。

三日目の休日は彼も非番のようで、私と一緒にのんびりと朝食を取っている。

「ヴィヴィ、一緒に出掛けないか？」

食事が終わる頃、アレク様が私に言った。

「いいですよ。特に予定もないですし」

内心では「やった！」と思っていた。誘拐事件から明らかにアレク様の様子がおかしいのだ。前はちょくちょく腹黒い『素』を出していたのに、ここ数日はどこか私に遠慮している気配さえある。

（完全におかしいわ。『素』のあなたはそんな大人しくないはずでしょ）

こうなったらパーッとストレスを発散させて、元のアレク様に戻ってもらおう。それにはなるべく、非日常な場所がいいかもしれない。

「ちなみに、どこへ行く予定ですか？」

「……はっきりとは決めてないんだ。でも静かな場所がいいな」

やっぱり疲れがたまっているんだろうか。

「じゃあお弁当を持って、公園にでも行きましょう！　料理長に頼んで来ますね！」

私はウキウキと厨房へ行き、料理長にお弁当を頼んだ。彼はすぐに用意してくれて、お弁当が入ったバスケットを受け取って玄関へ行くと、アレク様はすでに出掛ける準備が整った様子だった。

いつものラフな服装の上に、一目で上質だと分かる上着を羽織っている。

(また同じ服だわ。もしかして自分の服をあまり持ってない？　多忙だから、私服で出掛けるような暇もないのかもね)

それに何よりも、アレク様は着飾ることが好きじゃないんだろう。何を着ても似合いそうだから、勿体ない気はするけど。

彼はバスケットを持ってくれて、逆の手で私の手を握った。二人で一緒に玄関を出て厩舎へと向かう。

「馬には乗れる？」

「はい、乗れます」

「じゃあ一緒に乗ろう」

――うん？　一緒に乗るって、一頭の馬に？　二人で？

(そんなことしたら、必要以上に、か……体が密着することに、なりますけど？)

動揺する私に気づく様子もなくアレク様は馬を引いてきた。立派な栗毛の馬だ。先に私を軽々と持ち上げて馬に乗せ、次にアレク様が私の後ろに乗る。

背後から長い腕が伸びてきて、私を閉じ込めるように大きな手が手綱を握った。

(……っ、ひい……！　背中、背中が温かいんですけど！)

後ろにアレク様が乗ってるんだから当然だ。でもその当然の事実が私をじわじわと追い詰めていく。抱き締めたバスケットがミシッと変な音を出した。

「苦しくない？」

「っ、だっ、大丈夫、です！」

もう少しで悲鳴を上げるところだった。

（耳のすぐ横で喋らないでぇ！　はがあぁ……！）

馬が歩き出して、体に振動が伝わってくる。ついでにバクバクしてる私の心臓の音も誤魔化せないだろうか。

「中層の外れにある公園に行こうか。あそこなら貴族にも会わないだろう」

アレク様が静かな声で言った。なんの波風も立たないような静かな声で、だんだん私の緊張は解けてきた。

（興奮してるのは私だけだわ……。だっていつものアレク様なら、絶対変なことするって思ってたのに――……って！　別にガッカリなんかしてないし！　私そんな破廉恥な人間じゃないし！）

もう誰に言い訳してるのかも分からないまま、馬はパカパカと道を進んでいく。なぜか大通りではなく、裏道を選んで進んでいるようだ。

（さっきのアレク様、貴族には会いたくないみたいな言い方だったわね。やっぱり仮面男の「偽の公爵」発言が関係あるのかな……)

今日のアレク様もやっぱりどこかおかしい。私と一緒に話していても、何か別のことで頭がいっぱいになっているような感じがする。

でも私としては自分から聞き出すつもりはなく、アレク様が話してくれるのを待とうと思っていた。顔を蒼白にさせていた彼の様子からして、かなり深刻な話なのは間違いない。

上層と中層を繋ぐ橋を渡ると、雰囲気ががらりと変わった。道には商店が立ち並び、行き来してるのはほとんど労働者だ。活気が溢れている。

そこを離れて中層の外れまで来ると、広い公園があった。川沿いに作られた細長い公園だ。広場ではボール遊びをする子どもたち、川ではのんびりと釣りを楽しむ人の姿がある。ここまで来るとさすがに貴族の姿はない。

地面に降りて川の近くまで行き、馬に水を飲ませてから木陰に移動した。バスケットを開けてみると、下に敷くための布まで入れてある。

「料理長はすごく気が利きますね。私は完全に忘れてました」

「俺もだ。せっかくのデートなのに、ここまで考えてなかったな」

(あ、一応デートっていう意識はあるのね)

しかし今の私にそれを気にしている余裕はない。デートどころか、アレク様は何かを思い悩んでいる様子。デート、デートと騒ぐ気にはなれなかった。

二人で木陰に布を広げると、布越しに草の柔らかな感触が伝わる。

「私の故郷って、こういう草がたくさん生えてるんです。弟と一緒に、草の上で何度も昼寝しました」

「それは気持ちがよさそうだな……。いつか、きみの故郷へ行ってみたい」

囁くように言って布の上にごろんと横になる。ちらっと盗み見ると彼は目を閉じていた。

（アレク様らしくない言い方……。まるで、その『いつか』なんて永遠に来ないみたいな……）

なんだってこんなに後ろ向きなのか。肩でも揉んであげたら元気になるのかと手をわきわきさせていたら、彼はぽつりと言った。

「……あの仮面男、俺のことを偽の公爵だとか言ってただろ」

私は手の動きをとめて、アレク様の顔を見つめた。青紫の瞳は空をぼんやりと眺めている。

「俺と父は、本当の親子じゃないんだ。聖女がどこかの男と駆け落ちして、小さな村で産んだのが俺で……生みの母は亡くなり、実の父は息子を捨ててどこかに消えた。引き取って育ててくれたのが今の父なんだ」

私は驚いたが、表情に出さないよう静かに彼の話を聞いていた。それにここで何か言ったら、アレク様が話すのをやめてしまうような気がする。

彼はやはり空を眺めたまま、また口を開いた。

「子どもの頃から俺には妙な力があった。でもヴィヴィみたいな皆に喜ばれる加護じゃなくて、俺の目を見た相手の自由を奪う化け物みたいな力だ。村にいた神官が俺のことを父に相談したから、たまたま親子になれたけど」

一旦そこで言葉を切って、目を閉じる。

「……そうでなければ、俺は自分のことを化け物だとしか思えなかっただろう。父と母が本当の息子のように可愛がってくれたから、今の俺があるんだ」

父と母と口にした時、アレク様の声がすごく温かかった。

(よかった……。アレク様はちゃんと愛されて育ったんだわ)

私はまだ会ったこともない彼の両親に、深々と頭を下げてお礼を言いたくなってきた。

アレク様はむくっと起き上がって、遠くの景色を眺めている。でも何かを見ているというよりは、ただ瞳に景色を映しているだけのようだ。

「両親が俺を引き取ったのは、子宝に恵まれなかったという理由もあったと思う。俺は本当に運が良かったんだ。二人に出会えたのが嬉しくて、期待に応えたくて、ずっと努力してきた。誰もが認めるような、本物の公爵になろうと……」

話すのがつらくなったのか、アレク様は口を閉じて俯いてしまった。でも彼が言葉にしなかった部分は、私にも容易に想像できた。

（きっと他の貴族たちは、アレク様の努力を認めなかったんだろうな……）

貴族は血筋にこだわって生きている。ルシャーナ嬢がいい例だ。上位貴族ほどその傾向が強いから、公爵家に引き取られたアレク様は地獄を味わったことだろう。

次期公爵という立場なのに、無視や陰口を叩かれるのは日常茶飯事だったに違いない。

彼があまり服にこだわっていないのは、私用で外に出掛けることが少なかったから……貴族たちと会うことのないように。

（あの仮面男が言ったみたいに、他の貴族から偽ものって言われ続けてきたのね。……そして多分、そのことを誰にも相談できなかったんだわ）

両親の期待に応えたいアレク様は、二人の前で弱音を吐いたりしなかったはずだ。どんな嫌がらせをされても黙って耐えてきたのだろう。

小さなアレク様が一人で我慢している姿を想像したら、じわっと涙が出てきた。

「……きみは俺が公爵だから、取り引きしてくれたんだよな」

目元をこする私の横で、アレク様が俯いたままボソボソと言う。

「失望させてごめん……。でもこれが本当の俺なんだ。嫌になったなら」

「嫌なんてひと言も言ってません！」

叫んだらアレク様がビクッと体を揺らし、目を丸くして私を振り返った。

「さっきからなんですか、勝手にひとのこと決めつけて！　確かに最初は公爵って立場はおいしいと思ってましたけど、誰も失望なんてしてませんから！」

「お金のない俺でも、失望せずに一緒にいてくれた？」

「…………仮定の話をするのはやめませんか？」

金づる扱いしていた話を持ち出されると肩身が狭い。自分が悪いんだけど。

「少なくとも、今の私は…………あなたが公爵じゃなくても、お金がなかったとしても──」

そこでピタッと思考が停止した。

（……え？　私、何を言おうとしてるんだろ。どう続けるつもりだったの？）

まさか「好きですよ」なんて言うつもりだったのか。いやいや、まさか。

顔がじわじわと熱くなって、体中から変な汗が出てくる。沸騰寸前の私をアレク様が食い入るように見ている。

「お金がなかったとしても、何？」

「…………」

「今の流れだと、それでも俺のことが好きだと言いそうな雰囲気だった。そう思っといていいんだよな？」

ギギギッと目玉をぎこちなく動かすと、アレク様は晴々とした顔で笑っていた。

（はい、復活しました！　意外と早めの復活でした！）

「と、とりあえずお昼にしましょうか。お腹もすきましたし」

ギギッ、ギギギッと動く私を青紫色の瞳がじっと見ている。でも探るような視線というよりは、面白がっている様子だ。

(あ〜っ、もう完全に『素』が出てるわ！　でもいいか、それぐらい元気になったってことね)

とりあえず水でも飲んで落ち着こうと、バスケットを開けて水の入ったボトルを出す。でも動きがぎこちなかったせいか、グラスに注ぐ途中で左手に零してしまった。

「あっ、ごめんなさい！」

「これ使っていいよ」

アレク様が差し出したのは若草色のハンカチだった。お礼を言って受け取ると、かなり年季が入った代物で、何年も大切に使ってきたのが分かる。

(ご両親にプレゼントされたハンカチかな。……あれ？　これって聖紋？)

ハンカチの角の部分に、見覚えのある図形が刺繍されていた。でも私が知っている聖紋と少し違う。円と内接する二つの正方形、中央に一つの聖クラルテ文字——それが従来の聖紋のはずだ。

(聖クラルテ文字の周りに、葉っぱみたいな刺繍があるわ。こんな聖紋もあるのね。オシャレで可愛いなぁ)

よく見ると反対側の角にも個性的で目を引く鳥の刺繍があって、思わずまじまじと見てしまった。アレク様にしては変わった趣味だけど、すごく私好みの刺繍だ。

料理長が用意してくれたバゲットを薄く切り、ハムや野菜、チーズを挟む。外で食べるお弁当はとてもおいしかった。

アレク様の悩みが無事に解決したから、という理由もあったかもしれない。

「ヴィヴィのお陰で元気が出た。ありがとう。……最後まで諦めずに頑張るよ」

「……？　よかったです」

最後ってなんのことだろうと思ったけど、アレク様が意味深な笑顔を浮かべているので何も訊けなかった。

とりあえず彼の悩みを晴らすという目的は達成できたから、それだけで満足だった。

第四章

聖女になってひと月がたつ頃、ようやく全員分のキュロート制作が完了した。でも本当に大変なのはここからだ。

作業台に資料を並べ、皆で今後の流れを話し合う。

「上着を作りながら、聖紋の付与も同時進行させた方がいいわよね。また巡回に出る人を優先で配付しましょう」

「でも過去からずっと変更なく、回復魔法の効果を上昇させる聖紋でしょ。今着てる三年前の上着と同じ効果の聖紋よ？　焦って作る必要もないんじゃないかしら。効果上昇も微々たるものだし……。もっと有意義な聖紋があればいいのにね」

「難しいんじゃない？　もう何百年も昔から聖紋の開発は続いてきたけど、今のところ有用なのって二つしか発見されてないわ。回復魔法に関するのと、聖騎士の剣の攻撃力を上げるのと。他はあってもなくてもほとんど変わらない聖紋だものね」

三年に一度の作り替えなので、どうせなら効果の高い聖紋を上着に付与させたいと私たちは考えていた。でも聖紋開発はそんなに簡単なものでもないらしい。

聖クラルテ文字は五百以上あるけど、教会の長い歴史の中ですでにその全てが検証ずみだった。文字を一つだけではなく、二つにしたり、三つにしたりすることも、もう過去の聖職者たちが試したあとなのだ。

ただ私としては、能力を底上げする以外の効果が出せないものかと考えていた。

(どうせなら攻撃に耐えられるぐらい、丈夫な服になる聖紋が作れたらいいんだけどな。そしたら翼竜が出た時だって、もっと軽い怪我に抑えられたかもしれない。過去に亡くなった聖女も助けられたかも……。聖紋で人間を守る効果を出せたらいいのに)

結局その日は話がまとまらず、とりあえず上着だけ作って聖紋は後回しにすることになった。三年前と同じ効果の聖紋だとしたら、焦って作っても意味はない。

仕事が終わって裏門から出ると、カルロス君が馬車の横で手を振っている。

「お疲れさまです、ヴィヴィアン様。アレク様は遅くなるようなので、先に屋敷へお送りしますね」

「いつもありがとう。お願いします」

(アレク様、遅いのね。残念……ハンカチのこと聞こうかと思ってたんだけどな。あの変わった聖紋が気になるのよね)

アレク様のハンカチには《帰還》を意味する聖クラルテ文字と、何かの葉っぱの模様が縫いつけられていた。あれがヒントになって、すごい効果を持つ聖紋を発見できればいいなと考えていたのだ。

夕飯の時間になってもアレク様は帰ってこなかったので、私は自分のスカートで例の聖紋を試すことにした。綿の安いスカートだから、失敗しても後悔はない。

「あ、今思い出したわ。あの聖紋の葉っぱって、シバツメ草の葉だ」

シバツメ草は文字通り芝のようにどこまでも広がっていく草で、ハート型の可愛い葉が特徴だ。しかしその可愛い見た目とは裏腹に、永遠に伸びていく根と茎は庭師から恐れられている。

伸びて他の草に根が絡まったりするので、縁を繋ぐ草としても有名だった。

（縁を繋ぐ草と、《帰還》の文字……。誰かに会うために帰りたいってこと？　聖紋ってそういう効果は出せないはずだけど）

しかし実際にこの目で見た以上、試さずにはいられない。針を手に取り、糸を長く――これでもかと長く引き出す。聖紋は魔法陣とほぼ同じなので、神聖力がどこかで途切れることのないよう、一本の繋がった糸で縫わなければならないのだ。

苦労して例の聖紋を縫った時には二時間が経過していた。そのスカートを穿いてみる。

ついでに回復魔法も使ってみる。

「……何も起こらないんですけど」

（んもぉぉぉ！　苦労して縫ったのに！）

いや、落ち着こう。聖紋に八つ当たりしても意味はない。

ふぅーっと長い息を吐きながら、気持ちを落ち着けようと窓の外を眺める。ヒルバの木が風に吹かれて枝を揺らしていた。

(まだ諦めたくないな……。そういえばヒルバの木は丈夫で有名だっけ)

ヒルバの葉は人間の手の形に似ている。幹は結構丈夫で、家具などに加工されることが多い。

さっきの聖紋をほどいて、また苦労して新たな聖紋を縫い付けた。今度は服を丈夫にしたいから、ヒルバの葉と《強化》を意味する文字だ。

そして穿いてみると――

(……ん? 手触りが変わった?)

ただの薄い木綿のスカートだったのに、新しい聖紋を縫って穿いてみると、まるで分厚い帆布のような手触りに変化している。試しにハサミを入れてみたら、かなり切りにくい。脱いでみるとまた木綿のスカートに戻り、穿くと厚地の鞄みたいな手触りだ。かといって重くなったわけではなく、いつものスカートと変わりない軽やかさ。

「え………ええぇ!? すごくない!? 聖紋ってこんなこともできるんだ!」

これはすごく楽しい。色々試したくなってきた。

(こんなにすごい発見だもの。うまくいけば、本当に報奨に選ばれるかもしれないわ!)

その夜、かなり遅い時間まで私の部屋は明るいままだった。

翌日の朝。馬車の中で私の隣に座ったアレク様が、怪訝な顔をしている。

「今日のヴィヴィはあくびが多くないか？　明らかに寝不足じゃないか」

内心、やっぱりバレた、と思った。朝食中も私はあくびをかみ殺していたのだ。

「実は昨日の夜、すごい発見をしちゃって。ずっと縫い物をしてたんです」

鞄をごそごそと探って、例の聖紋を刺繍したスカートを取り出す。

「ほらっ、これ見てください。このヒルバの葉を使った聖紋がね、すごいんですよ！　今はただの木綿のスカートなのに、穿くと分厚い帆布みたいな生地に変化するんです！　それからこれは――……アレク様？　なんでショック受けてるんですか？」

素晴らしい発見の数々を説明したいのに、彼はがくりとうな垂れて額に手を当てている。

「……もしかして、俺のハンカチを……」

「そうそう、あれです！　あのハンカチからヒントを得て、新しい聖紋を思いついて」

「…………失敗した。俺は自分が思っている以上に、バカなのかもしれない……」

（はぁあ？　何を言っちゃってるの、この人は）

あなたのお陰で素晴らしい発見があったというのに。

「何を言ってるんですか！　アレク様のお陰で、聖紋の歴史が変わるかもしれないんですよ？　これは教会の歴史に名を残すような大発見です！　もし私が報奨に選ばれたら、二人で山分けしましょうね！」

「いや、それは全部ヴィヴィが受け取っていいよ。……こうなったのも俺のせいだからな。ちゃんと責任を取って、きみを守ってみせるよ」

（まだ守る気でいるんだ。もう十分、守ってもらったと思うんだけどなぁ）

これ以上アレク様に守ってもらうような事件が起きたら、私が彼に返す恩とのバランスが取れなくなりそうだ。

教会の門で馬車を降りて、四戒を唱えたらすぐに作業部屋へ向かった。授業の前にエマさんたちに聖紋のことを報告したかったのだ。

予想はしていたけど、新しい聖紋のスカートを見せたら結構な騒ぎになった。

「これはすごい発見だわ……！　植物の葉と組み合わせるなんて、誰も思いつかなかったことだもの。すぐに大聖女様へ報告してみるわね！」

私は授業へ行かないといけないので、エマさんたちに報告を任せて教育棟へ移動した。

数時間後に作業部屋へ戻ると、彼女たちは台を囲んで何か話し合っている。

「すみません、遅くなりました。あの聖紋、どうなりました？」

「あっ、ヴィヴィさん。実はね、聖紋を変える可能性も出てきたのよ！」

エマさんの話によると、クラリーネ様は五人の監督官も呼んで緊急の会議を開いたらしい。その結果、「三週間で可能な限り、新しい聖紋を開発すること」という指示が出されたそうだ。

「お母様ったら、容赦なかったわ……。ごめんね、ヴィヴィさん。やっぱりスカートが……」

「気にしないでいいですよ、私がボロボロになってもいいって言ったんですから」

エマさんから受け取ったスカートは、何かに切り刻まれたようにボロボロになっていた。クラリーネ様は検証するためにナイフを突き刺したりしたのだろう。さすがだ。

「ここまでしないと、魔物の攻撃に耐えられるかどうかは分かりませんよね。ハサミで切れちゃうぐらいじゃ、体を守ることにはならないし」

「そこなのよ。大聖女様はね、ハサミどころか剣も通用しないぐらい強化する聖紋が望ましいと仰ってたわ。それが無理なら、従来の聖紋でいくそうよ」

「三週間しかないのだから、何かヒントが欲しいわよね……。なんの文字だといいのかと

か、葉との相性だとか」

「多分ですけど、植物の特性はそのまま聖紋に活かされてると思います」

私は昨夜気がついたことを、エマさんたちに話した。

「ヒルバの木は丈夫だけど、加工しやすいことで有名です。だからハサミで切れたのかな、と思って……。それで、こっちのオクートは皮がしなやかで折れにくい木だから、ハサミ

が入りにくい――とかじゃないかと」

「なるほど、確かにヒントになりそうだわ。今の情報を元に考えてみましょう。あとは文字との相性も大事ね」

「服を丈夫にするわけだから、《強化》、《硬化》、《増大》あたりかしら？　時間に余裕があったら他の字も試してみましょう」

　フラトンに存在する木だけでも何万種という数だから、それらを全て試している時間はない。自然と家具や建築に使われる木を中心に調べることになり、図書館から資料を持ってきて葉や実の形を調べ、手分けして聖紋を縫い始めた。

　最初はどうなることかと心配していたけど、二週間もたつ頃には大体の目星がついて私はホッとしていた。皆で手分けして作業できたのがよかったんだろう。

（うう、それにしても……眠い、わ……）

　非番の日、私は自室でずっと聖紋を縫っていた。昨日の夜からだからすでに徹夜だ。アレク様は仕事で、王宮に呼ばれたと言っていた。

　もうそれほど無理しなくても大丈夫なんだけど、「ついでに葉じゃなくて実でも試してみよう」なんて思いつくと気になって、やらずにはいられないのだ。もうほとんど聖紋中毒になっている。

（新しい効果を発見するのが、楽しくて……手が止まらない……でも眠い……）

時刻は昼下がり。猛烈な眠気が私を襲っている時、ノックと同時にメイドの「お客様がおみえです」の声が聞こえた。

「……お客？」

私に客なんて来たのは初めてで、恐る恐るドアを開けると、ライラさんが腰に手を当てて立っている。眠気がふっ飛んだ。

「てっ、店長⁉」

「元気そうじゃないか、ヴィヴィ。ああでも、公爵様が仰った通り寝不足みたいだね。悪いけど邪魔させてもらうよ」

相変わらず女王のように堂々とした態度で私の部屋に入り、「この辺に置いてください」とドアの外に声をかけている。その直後に長櫃のような大きな箱が運ばれてきた。

使用人たちが全員下がってドアが閉まると、ライラさんが「さて」と言って箱の蓋を開ける。

「あんたも見てみな。うっとりするよ」

「うっとり？　――わぁ……！　すごく綺麗！」

箱の中身は色とりどりのドレスだった。赤、青、緑。トパーズのような黄色に、珊瑚のような優しいピンク。

「まるで宝石箱みたいですね！　あ、ドレスにも小さな宝石を縫い付けてあるんだ……。うわぁ、なんて上等なドレスだろ……高そう。それで、このドレスどうしたんですか？」

「どうしたって、あんたね……」

ライラさんははぁーっと長い溜め息をついてから続けた。

「これは全部、ヴィヴィのためにうちの工房で作ったドレスだよ」

一瞬何を言われたのか分からず、ぽかんとしてしまう。ライラさんの顔と箱を何回か見比べ、私は首を傾げた。

「……え？　私、ドレスの注文なんてしてませんが……」

「ああっ、鈍い！　鈍すぎて身もだえしそうだよ！　これは公爵様が、あんたのために注文していたドレスだ！　まだ分かってないのかい！」

「え……ええええ⁉」

（あっ、そう言えば！　アレク様と出会った日に、五着も注文を受けてたわ！　あの時のドレス？）

まさか自分のためだったとは知らず、呆然とドレスを手に取る。

「私のために、こんな素敵なドレス……五着も……。どっ、どうしよう！　ライラさん、これどうやって恩を返せばいいですかね⁉　もうすごくお世話になってるのに、ドレスまでもらっちゃうなんて……！」

「あんた本当に分かってないねぇ」

あわあわする私をライラさんは呆れた表情で見ている。確かに呆れられても仕方がない。私はアレク様がドレスを注文してくれたことさえ忘れていた、とんでもない恩知らずだ。

「ドレスを贈られた女がやることは一つだよ。着飾って、美しくなった姿を贈ってくれた男に見せることさ。間違っても、何か買って贈り返すことじゃないからね？　公爵様に恥かかせんじゃないよ」

人差し指で額をツンツン押される。

（さ、さすが恋愛経験豊富なライラさんだわ。私が一人で考えてたら、何か贈っちゃってたかも……）

男の人から何かをもらうという経験のない私には、何が正解なのかよく分からない。ただなんとなくだけど、ドレスの代わりに何かをアレク様にプレゼントするのは違う——というのだけは理解できた。きっと彼は、そんなことを望んでいない。

どのドレスも最高級の絹を使っているらしく、滑らかな手触りに思わずほうっと溜め息が漏れる。

（これは私の……私だけの、ドレスなんだ）

春装祭でもドレスを着たけれど、あれはモデルのためのドレスだからすでに工房へ返却していた。

うちは貧乏だからドレスを仕立てる余裕なんてあるはずもなく、私が持っていたのは母のお下がりだけで……お世辞にもオシャレとは言えない、流行遅れのドレスばかりだった。

自分だけのドレスを眺めてニンマリしていると、ライラさんが私にすっと布きれを差し出してくる。

「？　これ……共布ですか？」

共布は衣装を作る時に使った布のことで、ライラさんの手には五種類の色とりどりな共布があった。

「公爵様から頼まれてたんだよ。ヴィヴィは洋裁が好きだから、共布を使って何か飾りを作りたがるかもしれないってね。先に教えとくけど、公爵様の一番のお気に入りはコーラルピンクのドレスみたいだった。あんたはまだ十七歳だから、初々しいドレスを着せたいんだろう。だからそれを先に……何をブルブル震えてんだい？」

「だ、だって、すごく嬉しくて……！　私のために準備してくれたんだぁって思うと、胸がきゅうっとなるんです。なんだか息まで苦しくなっちゃって」

「――ああ、まぁそうだろうね。恋してたら誰でもそうなるよ」

「…………えっ？」

脳内の時間が完全に停止した。

こ――恋？　この苦しさが？　『？』が頭の上でぐるぐると回っている。

「病気じゃないんだ⁉　胸と呼吸が苦しくなるから、心臓の病気を疑ってたのに！」

「………公爵様が不憫でならないよ……」

ライラさんは目頭をそっと指で押さえている。

「えっ、だって！　胸が苦しくなるなんて、普通は病気だと思うじゃないですか？　恋ってもっと、フワフワした気持ちになるのかと思ってたから」

「フワフワするのは両想いになってからだよ。まぁ鈍いのも仕方ないのかね、あんたは今まで苦労しすぎたんだ。でも自覚したからには、もう公爵様を悲しませるんじゃないよ」

ライラさんは窓際の机に歩み寄り、聖紋をビシッと指差した。

「これ、大切な仕事なんだろうけどね。公爵様はあんたをすごく心配していた。ロクに寝てないんだろう？　ちゃんと休んで、その目の下のクマをなんとかしな。それともまだ、徹夜で頑張らないと駄目なのかい？」

「い、いえ……もう目処はついたので大丈夫です。ちゃんと休みます。それから共布で飾りを作ってみます」

「そう、それでいい。あんたの体は、あんただけのものじゃないんだよ。それを忘れないこと」

ライラさんはしっかりと釘を刺し、最後に「子ども服の取り扱いも始めたからね」と言い残して去っていった。子ども服のことを私に言ってどうするんだろう。

「うわぁ……確かにひどい顔だわ。これじゃ心配かけちゃうわよね」

鏡台で自分の顔を確認して、改めて目の下の青黒いクマに驚いた。

（もしアレク様が、こんな不健康な顔してたら……やっぱり私も心配になるわ。ちゃんと休もう。好きになった人を不安にさせちゃ駄目よね）

ライラさんの「恋してたら誰でもそうなるよ」の言葉に最初は驚いたけど、今は不思議と私の中にストンと収まっていた。

夕方まで仮眠をとり、すっきりした頭でどんな飾りにするかデザインを考え始めた。私の頭の中は、アレク様を喜ばせることだけでいっぱいだった。

豪華なドレスが五着も届いてから六日が経過し、なんと私は王太子殿下が主催する夜会に出席することになった。

王太子殿下はクラリーネ様から「一風変わった聖女がいる」と聞き、私に一度会っておこうと思ったらしい。招待状を持って帰ってきたのはアレク様だったけど、彼はあまり気乗りしない様子だった。

「あの人に見せるためにヴィヴィのドレスを作ったわけじゃないんだけどな」

前日はそんな風にブツクサ言っていた。でも当日の夕方にはビシッと正装した姿で私の部屋にやってきて、そのあまりの格好よさにしばらく私の口は開いたままだった。

（かっ……かか、カッコいい‼）

すらっとした体に黒の礼服を纏い、いつもは下ろしている前髪を後ろに撫でつけている。露わになった額にはらりと落ちる黒髪がなぜか色っぽい。正装しているから上品なはずなのに、にじみ出る妖艶な色気はなんなんだろう。

しばし呆然としてから、アレク様も私と同じように何かに見とれているのに気づいた。彼は仄かに頬を染め、口元を右手で覆って震えている。

「あの時に出会ったあのひとが、俺の選んだドレスを着てくれている。口元が勝手にニヤニヤしてくるな……！」

「アレク様、落ち着いて。不審人物みたいになってますよ」

震えるアレク様を、聖騎士の服を着たカルロス君がなだめている。

（なんでブルブルしてるの？　私、どこかおかしいかな？）

身につけたのは淡いコーラルピンクのドレスだ。たっぷりとした華やかなフリルと、ピエス・デストマという胸当てに縫い付けられたいくつものリボンがとても可愛らしい。

ライラさんが言った通り、十代の女性が着るような初々しいドレスだと思う。首から胸元にかけて少し開いているので、私は共布を使ってリボンのチョーカーを作った。

髪はメイドたちが綺麗に結い上げてくれたし、化粧だってちゃんとしている……はずなんだけど。

首を傾げていると、震えていたアレク様が顔を上げて私の方に近づいてくる。彼は青紫の瞳を潤ませ、私を熱っぽく見つめながら言った。

「綺麗だ。すごく、綺麗だ」

ドがつくぐらいストレートな賛辞に、頭からぽんっと湯気が出るかと思った。

「えっ、あっ、あのっ……、ありがとうございます！　アレク様も……とても、格好いいです」

本当に綺麗だったり美しかったりすると、人間の頭は空っぽになってしまうらしい。もっと深い表現ができたらいいのに、他に言葉が出てこなかった。

うっとりする私にアレク様が腕を差し出し、誘われるまま彼の腕を握る。

「………大丈夫なのかな、この二人……」

歩き出した私たちの後ろで、カルロス君が不安を丸出しにした顔で呟いた。でもぼんやりする私の耳は完全に聞き流していた。

馬車が王宮に到着し、アレク様の手を取って降りる。エントランス付近はひどく混雑していて、私たちは足早に夜会の会場となる大広間へと向かった。

当然ながら会場は私の予想を遥かに超えて広く、見上げるほど高い天井からは雪の結晶のようなシャンデリアがいくつもぶら下がっている。

色とりどりの花が生けられた巨大な花瓶。壁際に設けられた軽食スペース。そこで談笑する着飾った貴族たち。

（夜会って、こんな感じなんだ。初めてだから何していいか分からないわ）

会場の様子を眺めていると、隣のアレク様がぼそっと囁いた。

「先に王太子殿下に挨拶しておこう。嫌なことは早く終わらせたい」

誰かに聞かれたら不味そうなことを堂々と言うので、私の斜め後ろにいたカルロス君が「声が大きいですよ」と諫めている。

「アレク様は、王太子殿下が苦手なんですか？」

私が小声で訊くと、なぜかカルロス君が答えてくれた。

「お二人は子どもの頃からの知り合いなんですが、アレク様はちょっとあの方が苦手みたいなんですよね。なんて言うか、チャラい雰囲気の人なので」

それだけを言い残し、カルロス君は「僕は控えてますね」と会場の隅へ向かって歩いていく。

（——チャラい？　王太子って、国王の代理でもあるんだよね？　そんな偉い人がチャラいってあり得る？）

どうしてもその二つが結びつかず、混乱したまま会場内を見渡した。

「あの人だよ」

アレク様の視線を追うと、王族らしい豪華な衣装に身を包んだ若い男性が、貴族たちに囲まれて談笑している。

（……チャラいって、そういう意味ね）

見た瞬間、理解できてしまった。王太子殿下は真夏の海が似合いそうな日焼けした好青年だけど、その仕草から軽薄そうな気配が漂っている。少し大きな街によくいる、しょっちゅう女の子をお茶に誘っている男という感じだ。

彼はこちらの視線に気づいたのか、アレク様の姿を見つけるとニカッと笑って片手をあげた。まるで親友に対するような気さくな態度だったが、隣から「俺は友人でもなんでもない」というそっけない呟きが聞こえてくる。

ちらりとアレク様の表情を窺えば、彼はすでに『表の顔』でにこやかに笑っていた。

「セルディン殿下、今宵はお招きいただきありがとうございます」

「おおっ、アレク！　ようやく来てくれたか！　まったくそなたは、私が招待状を出してもいつも仕事を理由に断りおって」

「聖騎士は忙しいもので」

二人は笑顔で握手を交わす。王太子殿下は本気で嬉しそうな笑顔だったけど、アレク様は明らかに『作ってる』笑顔で……私は少しだけ殿下が不憫になってきた。

殿下はアレク様の横にいる私に視線を移し、「おや」という顔をする。

「もしや、そちらの女性が？」

（――今だわ。このタイミングで挨拶すればいいのよね？）

私は恭しく膝を折った。

「初めまして、王太子殿下。私はヴィヴィアン・ルーチェ・グレニスターと申します」

ルシャーナ嬢に怒られて以来、挨拶する時は細心の注意を払おうと思っていたのだ。今回はうまくいったようで、殿下は満足そうに破顔している。

「ヴィヴィアン嬢、私はセルディンだ。遠慮なくセルディンと呼んでくれて構わん。いやしかし、こんなに可愛らしい女性だとは思わなかったな！」

殿下は私の方にすっと手を差し出し、

「よかったら、私とダンスを――いてっ！」

ダンスを申し込もうとしたが、その手は私の前にずいっと割り込んだアレク様の背中に当たった。

「痛いじゃないか！　突き指でもするかと思ったぞ。そなたの背中は硬すぎないか？」

「鍛えておりますので。その前にいいですか？　あなたは既婚者で、ヴィヴィはいずれ俺と婚約する女性です。もう少し弁えてください」

（こ、婚約って……まだ家同士の話し合いもしてないのに）

アレク様は冷ややかに告げて私の背中に手を回し、その場を離れようとする。殿下は焦った様子で叫んだ。

「ちょっ、ちょっと待て！　今夜はヴィヴィアン嬢の話を聞きたくて呼んだんだぞ、少しぐらい彼女と話をさせてくれ」

「……少しだけですよ」

アレク様が低い声で脅すように言うと、殿下は小さく咳払いした。

「あー、ごほん。クラリーネから聞いたのだが、ヴィヴィアン嬢は面白い聖紋を発見したそうだな。それは期限内に完成させられそうなのか？」

（ああ、だからこのタイミングで私を呼んだのね）

クラリーネ様から提示された三週間の期限は明日に迫っていた。でもほとんど作業は完了し、あとは少し整えて提出するだけだ。

「はい、セルディン殿下。明日には大聖女様が驚くような聖紋を提出する予定です」

「ほほう。それはどのような？」

「服としての軽さや手触りはそのままに、剣の斬撃さえも通さない奇跡のような聖紋です。きっと聖職者たちの助けになると、私は信じています」

私たちがたどり着いたのは、ラシュワンという木の葉と《増大》を意味する聖クラルテ文字の聖紋だった。ラシュワンは防風林として海辺に植えられている木で、しなりが強く、激しい嵐でも折れることがない。

「……そうか。そなたには期待している」

ちょうどその時、側近と思しき男性に声をかけられて、殿下は意味深な微笑みのまま去っていった。

（うまく受け答えできたかな？）

ホッと息をついて顔を上げると、少し離れた場所から刺すような視線を感じる。誰かと思えばルシャーナ嬢だ。

（こ、怖っ……！　嫌いどころか、憎まれてるって感じだわ！）

視線だけで人を殺せるのなら、私はこの瞬間に間違いなく死んでいただろう。それほど強烈な殺意が込められた視線だった。

ルシャーナ嬢にも聖紋の話は聞こえただろうから、報奨を私に奪われると思っているのかもしれない。

体を強張らせていると、彼女の視線に気づいたアレク様がそっと私を隠してくれた。

「移動しようか。俺も夜会は好きじゃないんだ」

二人でひと気のなさそうな場所を探すものの、会場は人だらけでそんな場所はない。しかも移動中に変人ブルーノまで発見してしまい、なおのこと気分が悪くなってきた。

（うげっ、もう完全に忘れてたのに！）

私の記憶から消え去っていたはずのブルーノは、今夜もやはり聖女に付き纏っては嫌がられている。教会本部の柵越しに聖女たちを観察していたので、顔もしっかり覚えているのだろう。そういうところも気持ちが悪い。

「あの男まで呼んでいたのか……。とりあえず一回会っておこうと思った奴は、全員呼んだみたいだな」

アレク様は呆れた様子で呟き、私をバルコニーへと導いた。

「まだ夜会が始まったばかりだから、誰もいないだろう」

その言葉通り、バルコニーには誰もいなかった。手すりの下に等間隔でランプが置かれ、仄かに足元を照らしている。

ちょうどそのタイミングで王宮楽団による音楽が始まり、貴族たちはダンスホールへと集まり出したようだ。アレク様が私を見下ろしながら言った。

「俺たちも踊ろうか」

「……えっ？」

手を取られてなんとなく足を踏み出したものの、私は完全にダンスの仕方を忘れている。学校の授業でダンスの科目はあったけど、最後に踊ってからすでに二年もたってしまった。

「で、でも私、ダンスなんて踊れないです。もう完全に忘れちゃって……」

「心配しなくていいよ。俺も仕事ばかりで、ダンスなんて初めてだから」

その言葉に安心して、おずおずとステップを踏む。踊っているというより、音楽に合わせて体を揺らしているだけのような気もするけど。

（……はぁぁ、まるで夢みたい……）

今夜は満月だった。見上げた視界に、満月を背にして微笑むアレク様が映る。あまりの美しさに魂（たましい）が抜（ぬ）けてしまいそうだ。

（私……あなたのことが……）

心の中でうっとりと告白しかけた瞬間、彼が口にした言葉で一気に我に返った。

「明日になったら、父を王都に呼ぼうと思う」

「──え？　ち、父？　アレク様の、お父様ですか？」

（どういう用件で呼ぶの？　ま、まさか……顔合わせってこと⁉）

先ほどの婚約者発言が頭の中に蘇（よみがえ）って、アタフタと無駄（むだ）に手を動かしてしまう。そんな私を見てアレク様はふっと笑った。──なぜか、悲しげな顔で。

「……最後まで諦めないつもりだった。でも現実は、そんなに甘くないかもしれないから……」

彼は踊るのをやめ、満月を背にしたまま囁く。

「どうか今夜のことを、忘れないでほしい」

まるで痛みをこらえているかのような、苦しげで切ない表情だった。でも私にはなぜアレク様がそんな顔をするのかが分からなくて、ただ呆然と彼を見上げた。

（どうしてそんなにつらそうなの……？）

この時の私がもっと冷静であれば、今までのアレク様の言動から、彼が何を止めようと必死になっていたのか分かったかもしれない。

でも私はただ困惑していて、初恋の人の苦しみを取り除くにはどうしたらいいのかと、それだけを考えていた。

翌日、朝食を取ろうと応接室へ行くとアレク様もカルロス君もいなかった。何かの事件が起こり、二人とも夜明け頃に屋敷を出たらしい。

（二人ともいないなんて、よほどのことが起きたんだわ。教会へ行って情報収集しよう！）

急いで教会本部へ向かおうとすると、メイドが私に何かを手渡してくる。一つはメモのようなもので、もう一つは手紙だった。

「こちらの手紙ですが、ずっと肌身離さず持っていてほしいとのことです。緊急事態が起きた時、きっとヴィヴィアン様の助けになるだろうと、旦那様は仰っておりました」

「分かったわ、ありがとう」

すでに緊急事態のような気もするけど、とりあえず手紙を聖女の服のポケットに入れる。
もう一つのメモに目を通すと、そこにはアレク様の几帳面な字で『ルシャーナについていかないように』と書かれていた。

（ルシャーナ？　あのひとが、嫌いなはずの私を誘ったりするかなぁ）

（でも一応、警戒だけはしておこう。今はとにかく教会に行かなくちゃ！）

玄関を飛び出すと馬車が用意されていて、使用人が私を送ってくれると言う。私は有難く乗ることにした。何事もなく教会に到着し、四戒を唱えてから作業部屋に行くと、なぜか聖女は二人しかいない。

「おはようございます。今朝はお二人だけですか？」

「ヴィヴィさん、大変なのよ！　夜明け頃に各地で魔物が暴れ出して、大聖女様もエマさんたちも緊急招集されたの！」

「ほとんどの聖女と神官が駆り出されたみたいよ。教会本部はほぼ空で、教育棟でさえ最低限の人数しかいないわ。今日の授業は全て中止で、私たちも教会で待機だって」

「そ、そうですか……」

（私がのんびり寝てる間に、そんな大変なことになってたなんて……）

また役に立てなかったと落ち込みそうになったけど、ぐっと顔を上げる。まだ私にはやることがある。

「大聖女様はご不在ですが、戻ってきた時にあの聖紋を提出できるようにしましょう。まだ最後の仕上げが残っています」

　私が言うと、他の二人もハッとした表情になる。

「そ、そうね。私たちもできることをしましょう！」

「道具を用意するわ！」

　正直な気持ちを言えば、私たちは三人ともクラリーネ様たちを助けに行きたいと考えていた。でもそんなことをしたら余計に現場は混乱するだろうから、意識を切り替えて聖紋の刺繍に集中する。完成間近という時になって、聖女の一人が私を呼びにきた。あと数分で昼休憩になる時刻だった。

「ヴィヴィさん、あなたにお客様が来てるわ。あの……嫌だったら、お断りするけど……」

　言いにくそうな口調にピンときて、私は「大丈夫です」と答えて正門へ向かった。そこには予想通り、ブルーノがニタニタと笑いながら立っている。

「なんのご用でしょうか」

　我ながら冷たい声だと思ったけど、ブルーノには気にする様子もない。

「そう睨まないでくださいよ。私もバカではありませんからね、昨夜の夜会で聖女さんたちに付き纏うのは意味がないと悟ったんです。……ですから、最後にどうか一度だけお茶をご一緒できないかと」

(その『最後』は誰にとっての最後なのよ。そう言えばアレク様も、最後って言葉を使ってたわね……)

切なそうな顔の彼を思い出して、胸がぎゅうっと苦しくなる。ちゃんと無事でいるだろうか。

「その『最後』ですけど、私を含めた全ての聖女にとって最後にしてください。今後一切、教会の周囲をうろつかないこと。聖女に近づかないこと。その条件を呑むのなら、あなたとお茶をしてもいいです」

ブルーノは一瞬だけ眉をひそめたが、やがて「いいでしょう」と答えた。正門を出て、店が立ち並ぶ通りへと歩いていく。でも気持ちが悪いから、ブルーノから一人分の距離をあけたままだ。

「あの店にしましょう。いい茶葉を使ってるんですよ」

ブルーノが指差したのは、いかにも貴族の令嬢たちが好みそうなオシャレなカフェだった。店内だけでなく、軒先にもいくつかテーブルセットが設けられている。

(あの店なら安心かな。人通りも多いし、私に変なことはできないでしょ)

私は軽く頷き、ブルーノと一緒にそのカフェへ入った。店内はひっそりとしていて、お茶の時間にはまだ早いせいか客の姿もまばらだ。

「どのテーブルに――」

座るつもりなのかと尋ねようとした瞬間、お茶を飲んでいるルシャーナ嬢が視界に入った。体が一瞬で厳戒態勢になる。

（さ、最悪……！　ブルーノが選んだ店に、ルシャーナ嬢までいるなんて。……ただの偶然？　それとも何かの罠？）

ブルーノは先に席に座り、店員にお茶を頼んでいる。私は警戒しながらブルーノの向かい側に座った。ブルーノの肩越しに、涼しい顔でティーカップを傾けるルシャーナ嬢の姿が見える。さすが公爵令嬢と言うべきか、彼女の後ろには侍女が控えていた。

しばらくして二人分のティーセットが運ばれてきた。こういった貴族の令嬢向けのカフェだと、店員は女性だけということが多いのだけど、運んできたのは小柄な男性だった。

「飲まないんですか？　せっかくのお茶が冷めてしまいますよ」

「………………」

どんな高級茶葉を使ったお茶だろうと、この男が勧めるお茶なんて絶対に飲まなかっただろう。ブルーノは睨む私を楽しげに見ていたが、お茶を飲んで数秒後に突然椅子から転がり落ちた。

「えっ⁉　何、どうしたの⁉」

慌てて床に転がるブルーノに近寄ると、なんといびきをかいて寝ている。

「ひ、人騒がせな……！」

「そのティーカップに触らない方がいいわよ」

文句を呟いた私の声に重なるようにして、鈴の音のように美しい声が響いた。顔を上げるまでもない、ルシャーナ嬢だ。

「その男は少し前にこの店に来て、店員に何か頼んでいたわ。恐らく、ティーカップに眠り薬でも塗ったのでしょう。あたくしが店の者に命じて、あなたとその男のカップを交換させたのよ。危ないところだったわね？」

まるで感謝しなさいとでも言いたげな話しぶりだった。恩着せがましいとは思ったけど、彼女のお陰で助かったのは事実だ。

「ありがとうございました」

お礼を言うと、ルシャーナ嬢はにこりと笑ってテーブルを指し示した。

「よかったら一緒にお茶をいかが？」

「……じゃあ、一杯だけご馳走になります」

助けてもらったお礼という意味でそう答えた。

(恩知らずにはなりたくないけど、一口飲んだら何か理由を言って退席しよう)

背後に控えていた侍女が慣れた手つきでお茶をいれる。ルシャーナ嬢が口にするのを待ってから、一口だけお茶を飲んだ。

「すみません。私、昼食がまだなんです。あまりゆっくりできない……ので……」

猛烈な眠気が襲ってきて、抗うようにテーブルの角を摑んだ。しかし徐々に手から力が抜けて、とうとうテーブルにうつ伏せになってしまう。

(そんな……一口しか飲んでないのに……)

向かい側でルシャーナ嬢が涼しい顔で微笑んでいる。私は悔しさに歯噛みしながら意識を手放した。


ダーリックの侍従が眠ったヴィヴィアンを馬車に運び終えた時、店からルシャーナが出てきた。彼女の後ろにはブルーノを肩に担いだ使用人の姿がある。

ルシャーナはあらかじめ店の責任者に金を渡し、店員を全てマーカム公爵家の使用人と入れ替えていたのだ。

「ブルーノも少しは役に立ったわね。ほんの少しだったけれど」

「お嬢様、この男はいかがいたしましょう」

使用人に尋ねられたルシャーナは冷ややかに答えた。

「下着姿にしてサンタルク広場に転がしておきなさい。あと数時間は起きないでしょうから、いい見せ物になるわ」

ルシャーナと侍従、そしてヴィヴィアンが乗った馬車が走り出したあと、使用人たちは命じられた通りにブルーノをサンタルク広場へ運んで石畳の上に寝かせた。

この日以降、あの宝石商は変人だという噂が広まり、事業が失敗してブルーノは王都から姿を消すことになった。

「――……は、本当に…………たのですか？」

「…………年もかけて確認したのだから、間違いない。呪文の……先は、詠唱せずとも――……」

誰かが話し合う声で、少しずつ意識が浮上する。目を開けてまず飛び込んできたのは、床の粗末な木目だった。塗装が剥がれてかなり傷んでいる。

（ここ……どこ？）

起き上がろうとしたけど、両手首が背中側で拘束されていて動かせない。足も何かで縛られている。どうやら私は拘束された状態で、床の上に横向きで寝ていたらしい。

身じろぎしたことで私が起きたと分かったのか、会話していた二人がこちらに顔を向けた。カーテンが閉められて薄暗かったが、ランプの仄かな光が二人の金髪を照らしている。

「……ルシャーナ？」

その名を口にすると、彼女は眉間にしわを寄せて私を睨みつけた。お前のような下賤の者が呼ぶな、と顔にありありと書いてある。

（やられた……！　やっぱりブルーノとルシャーナはつるんでたんだわ！　せっかくアレク様が手紙を用意してくれたのに！）

間違いなく緊急事態なのに、拘束されてるせいで手紙を確認できない。歯を食いしばりながら首を動かすと、床に寝ているのは私だけでブルーノの姿はなかった。

ルシャーナの隣に立つ男はどことなく彼女に似ているから、親族なのかもしれない。

「あとはお前だけで大丈夫だろう。うまくやれ」

男がルシャーナに言った。私の記憶に引っ掛かる声だった。

（この声、どこかで……！　そう、これは）

「──ルカ君に、変な飲み物を飲ませた男！　そうでしょ、この誘拐犯！」

「だからなんだと言うのだ。貴族とは思えないほど、うるさくて下品な女だな」

言い当てられても男の態度に変わりはなかった。相変わらず偉そうで、ルシャーナに似ていて──そこまで考えた時、ようやく男の正体に思い当たる。

「あっ、そうか……！　だからアレク様に偽の公爵なんて言ったのね。でも悪事をコソコソ働くあなたの方が、よっぽど偽の公爵みたいよ？　マーカム公爵！」

「黙れ……！　その口を切り刻まれたいか⁉」

「ダーリックお兄様、落ち着いて。その女のペースに呑まれてますわよ」

ルシャーナが冷淡な口調で言うと、ダーリックはくっと悔しそうに呻いた。

「この娘は時間稼ぎをしたいのでしょう。待っていれば、いずれあの男が助けに来るとでも思っているのだわ……愚かな女」

「どういう意味――」

ムッとして言い返そうとした瞬間、体が急に重くなった。まるで全力疾走した時のように、呼吸まで少し苦しくなる。

（この感覚って、巡回の時の……神聖力が減ってる⁉）

「アレク様に何をしたの⁉」

「何かもなにも、お前だって知っているだろうが。奴は今、魔物の群れと戦っている。だがいくら化け物でも、翼竜と同時に多数の魔物の相手をするのは無理かもな。……もしかしたら死ぬかもなぁ？」

ダーリックが天井を見上げながら、恍惚とした表情で言う。

（どうしてそんなに詳しいの？　まさか今回の事件を起こしたのはこいつ⁉）

縛られた体でなんとか立ち上がろうとしたけど、ぐらりと傾いて肩から床に落ちる。痛みで呻きながらも、体を起こした数秒間で床に描かれた魔法陣はしっかりと確認した。

「また誘拐の時と同じ変な魔法陣？　一体何がしたいの？」

疑問のままに呟くと、二人の顔から表情が消える。

「私は疲れたから休む。あとはお前だけでなんとかしろ」

ダーリックは気だるげに言うと部屋を出て行った。

「一日に何度も召喚と転移を繰り返せば、それは疲れるでしょうね。……バカなお兄様。ねぇ、あなた。あなたに提案があるのよ」

ドアに向かって吐き捨てたルシャーナが、靴音を響かせながら私に近づいてくる。

（そんな……魔物の大量出現はダーリックが仕組んだことだったのね！　誰かにこのことを知らせないと……！）

「あなたは新しい聖紋を作っているでしょう。あれはもう諦めて、あたくしに今回の報奨を譲りなさい。それを約束すれば、今すぐ自由にしてあげるわ」

「冗談でしょ？　あれを見つけるのに、私たちがどれだけ苦労したと思ってるのよ！　あの聖紋があれば、巡回で怪我を負う人を減らせる。皆の安全を願う思いが込められてる、大事な聖紋なんだから！」

「聖女を守るなら、もっと確実な方法があるわ。聖女は巡回に同行しなければいいのよ」

驚くような発言に思考が一瞬止まったけど、ルシャーナは堂々と話し続ける。

「神官だって回復魔法を使えるのだから、彼らが巡回に行けばいいのよ。あたくしはいずれ大聖女となって、聖女を巡回の同行から外してみせるわ」

「……何を言ってるの？　あなたの言う通りにしたら、神官に負担を押し付けることになるわ！　そんな聖女だけを優遇するようなやり方じゃ……」

「神聖力を持つ子を産めるのは聖女だけなのだから、優遇して当然でしょう」

あなたこそ何を言っているの？　――という表情だった。話の通じなさに愕然とする。

「……あなたが何を言おうと、私はあの聖紋を諦めないわ。聖女だけを守るようなやり方じゃ、いずれ破綻するわよ」

「やっぱりあなたみたいな下位貴族には、あたくしの苦労は理解できないのね……。出来の悪い兄にはエバンス家は守れない。聖女のあたくしが家を継ぐしかないのよ」

ルシャーナの顔にも、話が通じないという苛立ちがにじみ出ていた。

「確かに私には、二大公爵家の苦労なんて分からないわよ！　でも家を守るためにこんな騒ぎを起こすなんてバカげてるわ！　他の人の迷惑も考えなさいよ！」

「……そう。どうしても分かり合えないのね」

ルシャーナはなんの表情もないまま呟いて歩き出した。コツコツと靴音がするたびに魔法陣の周囲に聖石が置かれ、その淡い光が床を照らし出す。

（聖石を使うの？　これはなんの魔法陣なのよ……！）

焦りと恐怖を押し隠すために、歯を食いしばってルシャーナを睨み続ける。

やがて聖石を全て配置した彼女は、魔法陣の外側に立って高らかに詠唱した。

「《尊き石よ、其の力を以て転移を宣告せよ》」

「……!?」

（転移の呪文!?　どういうこと!?）

私の混乱を置き去りにしたまま魔法陣が光り出し、足元がふわりと浮かぶ。驚愕に目を瞠る私を、ルシャーナは無表情で眺めていた。

第五章

風も光もない空間だった。視界の全てが真っ暗で、ただ赤い月だけがぽつんと太陽のように浮かんでいる。

(なんなの!?　ここはどこなのよ!!)

私の体は闇の中に浮かび、すぐ横を時おり淡く光る球体のようなものが通り過ぎる。その球体には人物や建物が映っているのだけど、季節も時代もバラバラで何も統一性がない。

何百年も前の古めかしい衣装を着た人々がいたり、遺跡かと思うような昔の建物が映っていたり……それが通り過ぎる時には、映った人々の声までかすかに聞こえてきた。

(もう何分もたっているはずなのに、転移先へ着く気配がない……!)

「これがあの人たちの、狙いだったんだ……」

変な薬で眠らされて、目が覚める直前。かすかに聞こえたルシャーナの声が脳裏に蘇ってくる。

――『……は、本当に消えたのですか?』

最初の部分は誰かの名前だったのだろう。そこは聞き取れなかったけど、確かに「消えたのですか？」とダーリックに訊いていたはずだ。

（ダーリックは、過去にも誰かをこの方法で消してるんだわ……！）

私とルカ君を誘拐した時も、同じ方法でアレク様を消そうとしていた。でもアレク様の異質な力を前にして何もできず、ダーリックの最初の計画は失敗したのだ。

「転移をわざと失敗させて、誰かをこの世から消す道具にするなんて……本当に人間のクズだわ！　二人とも地獄へ落ちなさい！」

ふつふつと怒りが湧いてきて、背中で縛られた両手をぎゅっと握る。こうでもしないと気が触れてしまいそうだった。

（こんな場所で死んでたまるもんか！　そうだ、アレク様の手紙！）

でもどんなに体をねじっても、ポケットの手紙には手が届かない。涙がぼろぼろ溢れて、何もない空間に丸い水滴がふわふわと漂っていく。

「アレク様ぁ‼」

叫んだ瞬間、ふと体に違和感を覚えた。私の体内に宿るアレク様の神聖力が、何かと共鳴しているような――何かに呼ばれているような奇妙な感覚だ。

「……え？　こっち？　こっちにアレク様がいるの？」

よく分からないけど、彼の神聖力と何かが磁石のように引き合っている。手足が動かないからロクに抵抗もできない。

「わ、わわっ……!?」

とうとう引き寄せられるまま、私は球体の一つにすぽっと入り込んだ。ぎゅっと閉じていた目を開けると、青い空が見える。

やった、外に出られた！　──と安心したのも束の間、私が出たのは空中だった。背中から真っ逆さまに落ちていく。

「ぎっ、ぎゃあああああ！」

「うわぁっ!?」

背中に何かがどすんとぶつかり、拘束されたまま地面に転がった。出たのは空中だったけど、そんなに高い位置ではなかったらしい。

「よ、よかったぁ……！　生還したわ！　帰ってこれたんだ！　やったぁぁ！」

「……おい、どけよ！　重い！」

──ん？　私の下から何者かの声がする。

(あ、そう言えば落ちた時、誰かのうわぁって叫ぶ声が聞こえたわ)

どうやら人間の上に落ちてしまったらしい。その人物は私の下から這い出ると、「いってぇな」と迷惑そうに呟いて──彼の姿を目にした瞬間、私は硬直した。

「くそっ、一体なんなんだよ！　お前どっから落ちてきた？　って言うか、どうやって入ったんだ！　ここは敷地の中だぞ！」

「あっ、ああ、あ……っ、アレク様⁉」

地面に横向きで寝転がる私を、尻餅をついたアレク様が怪訝そうに見ている。あの整った顔、サラサラした綺麗な黒髪、ラピスラズリみたいな瞳。間違いない、アレク様だ。

「なんで俺の名前知ってんだ？　なんかお前……変だな。初めて会ったはずなのに、変な……懐かしい感じがする。なんだこれ」

ぶつぶつ言いながら胸に手を当てているけど、私はそれどころじゃなかった。

「なんでって……私です、ヴィヴィアンです！　どうしちゃったんですか？　記憶喪失で──」

話しているうちに私も違和感に気づいて、口が止まった。

（気のせい？　なんだかアレク様が小さいような……）

場所はシュレーゲン公爵家の庭で間違いないはずだ。でも芝生の上に座るアレク様が、どう見ても二十四歳には見えない。体が細くて、顔立ちもどこか幼い感じがする。

「お前何か悪いことでもしたのか？　聖女なのに縛られてるなんて、変な奴」

アレク様らしき少年が私の縄を掴み、ぶちっとちぎってくれた。この怪力から考えても、アレク様のはずなのに。

（ま、まさか……そんなことあり得るの？　でも、どう見ても……）

私はごくりと喉を鳴らし、恐る恐る問いかけた。

「あの、アレク様…………お歳を訊いてもよろしいでしょうか？」

「唐突に変なこと訊くんだな。俺は十四歳だけど」

私は崩れ落ちた。

「うっ、うぅっ……！　どうしてなの⁉　やっと戻って来れたと思ったのに、なんでよぉ‼」

「な、なんだよ。何をいきなり泣いてんだ？　なぁ、どうしたんだよ」

地面にうつ伏せて泣きわめく私の周りで、アレク様がオロオロしている。

「どうしたんですか、アレク様！」

大騒ぎしたせいか、屋敷の方からカルロス君が走ってきた。やっぱり彼も……小さい。

（ああ、もう間違いない……。ここは十年前の世界なんだ）

突きつけられた現実が私には残酷すぎて、涙が止まらない。

私とアレク様の周りに庭師や他の使用人たちも集まってきて、何があったのかと不思議そうに見ている。

「何があったんだ。皆、そこから離れなさい」

しばらくして、渋いおじ様の声がした。使用人たちがさぁっと左右に分かれて、そのおじ様が泣きじゃくる私と困り顔のアレク様のそばに膝をつく。

「父上、この女が急に空から降ってきたんです。信じてもらえないかもしれませんけど」

（この人が、アレク様のお父様……）

ロマンスグレーという言葉がしっくりくる男性だった。銀髪（ぎんぱつ）と紫色（むらさきいろ）の瞳で、アレク様とはまた違ったタイプの美形。この世界ではまだお父様が公爵のようだ。

彼はじっと私を見つめ、「おかしいな」と首を傾（かし）げてから私の手を取って立ち上がった。

「この方は私が保護する。しばらくここで預かることにするから、皆（みんな）失礼のないように」

「ええっ、本気ですか⁉ 何もないところから落ちてきた、怪（あや）しい聖女ですよ！ み……見た目は可愛（かわい）らしくても、変なことを企（たくら）んでるかもしれません！」

アレク様は説明しながら私を指差し、なぜか頬（ほお）を赤らめている。公爵様はそんな息子（むすこ）にふわりと微笑（ほほえ）んだ。

「アレク。可愛らしい女性に向かって、『この女』なんて言うものじゃないよ。さあ行こうか」

歩き出す私と公爵様を、アレク様がじぃーっと見ている。どこか拗（す）ねた表情で。

（アレク様は、お父様とお母様をすごく尊敬してたもんね……。急に空から降ってきた怪しい女を近づけたくないのかも）

でも私の大好きな人は、アレク様なのだ。ここにはいない十年後の彼に恋（こい）をしたのに。

公爵様は私を二階の部屋に案内してくれた。十年後の世界で私が借りている部屋だ。

でも内部の様子は違っていて、壁紙（かべがみ）やクッションカバーは落ち着いた柄（がら）のものだった。

「母上の部屋を使うんですか？」

後ろからついて来たアレク様が不満げな声を漏らす。

「構わないだろう？　リーチェが亡くなってから、もう四年もたつんだ。それに優しいあいつならきっと許してくれるさ」

（お母様は亡くなってたのね……）

リーチェというのは愛称のようだけど、会えなくて少し残念に思う。

カルロス君がお茶を運んできてくれて、椅子に座りかけていたアレク様に公爵様が容赦なく言った。

「私はこちらの女性と話すことがあるから、アレクは外に出ていなさい」

アレク様は一瞬ぽかんとし、目だけで私をぎろりと睨んだ。でも最終的にはカルロス君に「行きますよ」と言われてしぶしぶ出ていった。

「落ち着いたかな？　あなたに少し訊きたいことがあるんだが、構わないだろうか」

「は、はい」

公爵様は紫色の瞳でじっと私を見つめた。私の顔というより体全体を見ている様子で、彼は「やはり気のせいではないな」と呟く。

「なぜかは分からないが、あなたの体には息子の神聖力が宿っているね。でも少し違和感もあるな……。今のアレクより、もっと練り込まれた強靭な波動を感じる。あなたは何者なんだい？」

公爵様の言葉に、私はハッと息を呑んだ。

（アレク様の神聖力に気づいてもらえた！　今なら私が十年後から来たって説明しても、信じてもらえるかも――そうだ、アレク様の手紙！）

「あのっ、ちょっと見てほしいものがあるんです！」

大慌てでポケットを探ると、手紙はちゃんと入っていた。ホッとして封筒を開けると一通は私宛で、もう一通は『父上へ』と書いてある。もう一通の方を公爵様に手渡すと彼は首を傾げた。

「父上へ……？　アレクからということかな。確かにあの子の署名もあるが、なんとも不思議な手紙だ」

静まり返った部屋に、かさかさと紙の音が響く。私と公爵様はひと言も喋らずに手紙を読んだ。

（どうしてお父様にも手紙を書いたんだろ……）

その疑問は、手紙を読むことですぐに解決した。

――『ヴィヴィへ。この手紙を読んだということは、俺はきみを守りきれなかったんだろう。本当にすまない。でももう一通の手紙を父に見せれば、元の世界に戻るために協力してもらえるはずだ。どうか諦めずに戻ってきてほしい。俺はきみが帰ってくるまで、十年後の世界でずっと待っている。アレク』

（──知ってたんだ。最初から、何もかも……あなたは知ってたのね。だから昨夜、つらそうな顔をしてたのね……）

　今思えば、出会いからして変なことの連続だった。

「見つけた」の言葉。聖女になるのを止められたこと。誘拐された時も、ブルーノとのお茶の時も、彼は私に助言めいたことを言っていた。

　でもあれは助言じゃなくて、予言だったのだ。多分、十年前の世界に飛んだ私から何があったのかを聞いて、全て知って準備していた──ということなのだろう。

（でも私は……アレク様の努力を、全部無駄にしてしまった）

　全ては私を過去の世界に飛ばさないためだったのに。自分の愚かさが悔しくて、アレク様に申し訳なくて、また涙がぼろぼろ溢れてくる。

「にわかには信じがたいが……。現にヴィヴィアンさんという証拠が存在するのだから、この手紙は真実なんだろうね。いやしかし、すごいことだ」

　公爵様は手紙を見ながら何かに感嘆するように溜め息をつき、ハンカチで私の涙をそっと拭いてくれた。

「あなたは十年後の世界から、マーカム公爵家の者によってこちらに飛ばされてきた。そうなんだね？」

「……はい。転移した直後は真っ暗な空間にいたんですけど、アレク様の神聖力に呼ばれてこの世界に落ちました」

「その真っ暗な場所は恐らく、神聖魔法によって構築された異空間だろう。アレクは十年間ずっと転移魔法の研究を続けたようだね。誘拐事件の時にダーリックが残した魔法陣も調べて、二つの違いを突き止めたらしい。転移魔法は天球上の仮想月に形成された異空間を経て転移先に到着するが、ダーリックが作った魔法陣を使うと異空間で転移が止まってしまうようだ。だから転移先を詠唱する必要がないみたいだね」

「……え？　異空間？　確かにルシャーナは転移先を詠唱してませんでしたけど……」

あまりの難解さに涙が引っ込んでしまう。

顔に不安が出たのか、公爵様はにこりと笑ってまた話し出した。

「少し難しいかもしれないが、心配しなくても大丈夫だよ。アレクはあなたを元の世界に戻す方法まで、ちゃんと調べてくれている」

「アレク様が……」

「ただ問題も一つあるんだ。異空間は月を土台にして神聖魔法で構築された空間だから、月齢の影響を受けるらしくてね。こちらの世界では、確か四日前が満月だったはずだが……。月齢が一致する日にこちらから転移で飛び、同時に十年後からは召喚であなたを呼ぶ計画のようだ。この方法なら恐らく十年後に戻れるだろう、と」

「あっ……！　転移した日の前夜は満月でした！　王宮で夜会があって、アレク様と満月が見えるバルコニーで踊ったから、間違いないです！」

「準備に二日かかって、居待月の日に呼ぶと書いてあるから、一ヶ月ほど待つ必要があるな。……それにしても、あの子が女性を連れて夜会へ行ったのか……」

夜会の時、アレク様は満月を背にして「今夜のことを忘れないでほしい」と切なそうに私に言った。あの時の彼の心情を思うと、涙が出そうになる。

潤んだ目を借りたハンカチで拭いてると、なぜか公爵様も目頭を押さえていた。

「あの……公爵様？　どうかされました？」

「いや、すまない。あの子がちゃんと愛する女性を見つけたのだと思うと、嬉しくて……」

公爵様の言葉に、私は胸が締め付けられるような心地がした。

膝の上の両手をぎゅっと握る。

(愛する女性を見つけたんじゃないわ。私がこの世界で何かしたから、アレク様を十年も束縛しちゃうようなことになったのよ……！)

「公爵様。私が十年後の世界から来たことは、どうかアレク様には内緒にしてください」

「――ん？　どうしてそんなことを言うんだい？　ヴィヴィアンさんは息子にとって大切な女性なのに」

「私がこの世界で何かしたから、アレク様は十年間も待つ羽目になったんです。私……あの人を束縛するようなこと、したくありません」

「でも何もしないままだと、十年後のアレクはあなたを忘れてしまうかもしれないよ。それでもいいのかい？」

「そっ……それ、でも……っ」

想像しただけで胸がズキンと痛み、また涙がぶわっと溢れてきた。

公爵様は苦笑しながら立ち上がって、私の頭をよしよしと撫でながら寝台へ向かう。

「少し休んだ方がよさそうだね。なるべく自然体で過ごすようにね……。あなたが転移するまでひと月ぐらいあるから、ゆっくり考えてみなさい。」

横になった私にお布団をかけて、ぽんぽんと優しく叩いてくれる。

（こんな風に子ども扱いされるの、何年ぶりだろ……）

子どものように扱われるのがむしろ嬉しい。

公爵様が「おやすみ」と優しく囁くのを聞きながら、私は眠りに落ちていった。

十四歳のアレクは床に膝をつき、ドアに耳をベタッと密着させて室内の音を聞き取ろう

としていた。後ろでカルロスが心配そうに見ている。

「泣き声しか聞こえないな……。なんの話をしてるんだ？」

「アレク様、不味いですよ。怒られちゃいますって」

「静かにしろ、聞こえなくなるだろ」

カルロスは呆れた様子で「僕は知りませんからね」と言い残し、廊下を歩いていった。

ドアにへばりついている美少年は誰が見ても滑稽なのだが、アレクにその自覚はない。

（なんで俺の年を聞いて泣いたんだ？　十四歳の何が悪いってんだよ）

ヴィヴィアンという女のことを考えると、なぜか胸がざわざわする。自分のせいで泣いたのかと思うと切なくて、どうにかして笑ってほしいと考えてしまう。

アレクはぶるぶると頭を振った。

（何考えてんだ、しっかりしろ！　あの可愛い顔はきっと罠で、父上の後妻を狙ってるんだ。俺が父上を守ってやらないと……！）

ドアの向こうから足音が近づいてきて、アレクは慌てて離れた。しばらくしてドアが開き、父——ウィンザムの姿が現れる。

父は唇の前に人差し指を立て、音が出ないように丁重な仕草でドアを閉めた。まるで大切な宝物をしまい込むかのように。

「かなり疲れていたようで、眠ってしまったよ。しばらく休ませてあげよう」

アレクは「はい」と返事をしながらショックを受けていた。そんなに大切にするほど、あのヴィヴィアンという女に惚(ほ)れてしまったんだろうか。

(でも俺だって、身長はヴィヴィアンより高かったぞ。俺にも少しは可能性が………なんの可能性だ?)

頭が勝手に意味不明なことを考えている。混乱しているのを父には悟(さと)られたくなくて、アレクは自分から口を開いた。

「あの女……ヴィヴィアンって奴ですけど、ずっと泣いてましたね。聖女なんだろうけど教会で見たこともないし、聖女の服もちょっと変だし。どんな訳ありの女なんですか?」

「ヴィヴィアンさんとお呼びしなさい。レディには優しくしないと駄目(だめ)だよ? 彼女はきっと、お前にとってかけがえのない女性になるだろう」

「………………はあ」

どういう意味だろうかと考えた瞬間、アレクは雷(かみなり)に打たれたような衝撃(しょうげき)を覚えた。

(ま、まさか——俺の母親になるという意味ですか!?)

「ち、父上!」

「ん?」

「ヴィヴィアンは何歳(なんさい)なんですか?」

「十七歳だそうだ」

　手紙には十七歳だと書かれていたから、まだ七歳のヴィヴィアンもレカニアにいるはずだ。その少女が十年後には息子の大切なひとになるのかと思うと、非常に感慨深い——満足そうに微笑む父を見て、アレクは冷や汗をかいた。父の表情が恋をしているように見えたのだ。

(俺と三つしか離れてないじゃないか！　そんな若い後妻なんか嫌だ！)

「ちょっと若すぎませんか？」

「そんなことはないだろう。私はむしろ、ちょうどいいぐらいだと思うが」

(ちょうどいい⁉)

　その後も親子はヴィヴィアンについて話し合ったが、互いに勘違いに気づくことはなかった。

　魔物の鋭利な爪で切り裂かれた左肩からの出血が止まらず、剣の柄が血で滑る。アレクは小さく舌打ちした。

「残りは何体だ⁉」

「三体です！　まもなく撃破します！」

団員からの報告を受け、アレクはカルロスに向かって叫んだ。

「カルロス、俺は王都に戻る！　残りは任せたぞ！」

「待ってください、その前に治療しないと……！」

何か言いかけるカルロスをその場に残し、全力で地面を蹴った。

派遣されたのはロニーという海辺の街だが、ここには教会があるから転移魔法で瞬時に王都まで戻れるはずだ。

（今は何時だ？　昼は過ぎたのか？）

夜明けからずっと戦闘と転移の連続で、時間の感覚が麻痺している。体内の神聖力も枯渇寸前だ。

ヴィヴィアンと『互換』をしていなければ、翼竜を倒した時点で力尽きていただろう。

（ヴィヴィ……！　頼むから無事でいてくれ！）

切れたこめかみから出血しているせいで視界が悪い。息を切らしながら教会に到着すると、クラリーネが驚愕した顔でアレクを見ている。

「重傷ではありませんか！　すぐに治療を――」

「そんな暇はない！　すぐに王都へ戻らないといけないんだ！」

ここまで余裕のないアレクを見たのは初めてで、クラリーネは一瞬絶句した。

しかしふらつきながら転移魔法陣へ入るアレクを見過ごせず、クラリーネは自ら王都への転移を詠唱する。

　魔法陣からの光が収まると、見慣れた景色が広がっていた。教会本部の地下だ。

　アレクは最後の力を振りしぼって階段をのぼったが、本棟に集まった王宮騎士団の姿に体を強張らせた。

（なんだ？　一体何が起きた？）

　血まみれのアレクにギョッとしたのか、歩くたびに人垣が左右に割れていく。やがて現れた人物に、アレクは顔色を失った。

「父上……⁉」

　ここにいるはずのない人だった。当初の予定であれば、王都の下層にあるダーリックの隠れ家からヴィヴィアンを救出して、公爵家の屋敷にいるはず――なのに。

　蒼白になった息子を前にして、ウィンザムは無念そうに言った。

「すまない、アレク……。間に合わなかった。私が隠れ家に到着した時には、もう……」

　うな垂れる父を責める気にはなれなかった。少し考えれば分かることだったのだ。

　ダーリックはシュレーゲンでも魔物を召喚したのだろう。あの男の狙いは、アレクとウィンザムを足止めさせることだったのだから。

「くっ、くくっ！　いい顔をするじゃないか、アレクよ。ははっ、最高の気分だなぁ！　やっとお前に苦しみを与えることができた！」

呆然としたまま視線をずらすと、ウィンザムの奥に拘束されたダーリックとルシャーナの姿が見える。愉快そうに笑う兄の横で、ルシャーナは沈黙して床に視線を落としていた。

「黙っていろ、ダーリック！　ウォーレン、聖石の数は合っているか？　こいつが無許可で持ち出した分は、ちゃんと返却できただろうな？」

「はっ。確認済みです、殿下」

王太子が騎士に命じてダーリックとルシャーナを連行していく。立ち尽くすアレクにクラリーネが駆け寄り、回復魔法を詠唱した。

「一体何があったのですか？　アレク様がここまで取り乱すなんて」

「……信じがたい話だが、クラリーネには事情を説明した方がいいだろう」

ウィンザムは聖騎士団の前団長を務めていた。彼はクラリーネと何年も協力しながら聖職者たちを率いてきたので、信頼関係は確立している。

それゆえに、ウィンザムから全てを聞いたクラリーネは疑うこともなく、ようやく納得できたという顔をした。

「ダーリックの召喚のせいで各地に魔物が出現したのですね……！　出現の仕方が不自然だと思っていたのです。それにしても、転移を悪用してヴィヴィアンさんを行方不明にするなんて……」

「……俺のせいかもしれない」

ぽつりと呟いたアレクに、クラリーネが怪訝そうな顔を向ける。

「どういう意味ですか？　あの男がしでかした罪の何があなたのせいなのです？」

（……こんなことを考えてしまうほど、俺は動揺しているのか……）

ヴィヴィアンを転移させてしまったショックで精神的に弱り、情けないことを口走ろうとしている——それが分かっていながらも、アレクは自責の念に駆られた。

「ヴィヴィから最初に聞いた話では、ダーリックはここまで大事件を起こしていなかった。犠牲者も大勢出てしまった……。俺が奴を追い詰めたせいで——」

「アレク、それは違う」

「しっかりしなさい、アレク様！」

ウィンザムとクラリーネの声が重なり、アレクはハッと顔を上げる。

「ダーリックの行動は、全て彼に責任がある。お前がダーリックを操ったわけじゃない。そこは分けて考えるべきだ」

「他人に影響されたからといって、犯罪を犯していいわけがありません。彼は心が弱かったからあなたのせいにして、自分が楽になろうとしただけです。引きずられてはいけません。——ところで、ヴィヴィアンさんをこの世界に戻す方法はあるのですか？」

「……ああ、大丈夫だ。十年間ずっと準備をしてきたから、なんとかしてみせる」

アレクの瞳に光が戻ったのを確認し、ウィンザムとクラリーネはかすかに頷いた。

「私はまだ怪我人の治療がありますので、ロニーに戻ります。緊急事態ですから、教会本部にある聖石の使用を許可しましょう」

　クラリーネはそう言って地下へ戻っていった。

「……さすがクラリーネだね。ヴィヴィアンさんを呼び戻すのに、聖石が必要だとすぐに気づくとは」

「父上、屋敷に戻ってヴィヴィを召喚する用意をしましょう。明後日、居待月の日に召喚すれば、あちらの世界とタイミングを合わせられるはずです」

　アレクの声からは迷いが消えていた。ウィンザムは満足そうに「そうだね」と頷いた。

　目が覚めるとすでに夜になっていて、メイドたちが夜食を運んでくれたり、湯浴みの用意を整えてくれたりした。

　異空間を漂ったことでかなり疲労したのか、ベッドに横になるとまたぐっすり眠ってしまい……何かがぶつかる音でぼんやりと目を開ける。もう朝が来たようだ。

（……やっぱり十年前の世界のままだわ。夢じゃなかったんだ）

　視界に映る天井は十年後と全く同じだけど、カーテンの柄や壁紙で違うのだと分かってしまう。私は起き上がって溜め息を一つ漏らし、カーテンと窓を開けた。奇妙な音は外から聞こえてくるのだ。

「なんの音？　庭の掃除にしては、ちょっと変な音なのよね……」

視線をさまよわせていると、広い庭に二人の人物の姿が見える。距離が遠いせいで豆粒ぐらいの大きさだけど、二人は剣の鍛錬をしているらしい。

（ああ、公爵様とアレク様が剣の練習をしてるんだわ）

よく目を凝らせば二人は白っぽい服を着ているから、聖騎士の服で間違いないだろう。

しばらく見ていると小さい方——多分アレク様が一瞬だけこちらを見て、その隙に公爵様に一撃をくらって地面に倒れてしまった。

「……私のせい？　気が散っちゃったのかな」

なんとなく悪い気がして窓を閉めると、ちょうどよくメイドが入ってきて身支度を整えることになった。

公爵様はクローゼットの服は自由に着ていいと言ってくれて、私は有難く借りている。

恐らくお母様の持ち物だったのだろう。華美すぎず、かつ上品なドレスの数々は、お母様の人となりを表しているように思う。

水色のシフォン生地で作られたドレスを纏って食堂へ行くと、公爵様とアレク様はすでに席についていた。

「おはようございます」

「おはよう、ヴィヴィアンさん。妻が残したドレスで恐縮だが、とてもよく似合っているよ。アレクもそう思うだろう？」

アレク様は何も言わなかった。ただぽかんと口を開け、唖然とした表情で私を見ている。

（……呆れてるみたい。お母様のドレスを堂々と借りてるから、なんてずうずうしい女だって思ってるのかも）

お母様の部屋を使うだけでも彼は嫌がっていたのに、私はドレスも自分の服のように着てしまっている。

申し訳なくて俯いたまま椅子に座ると、

「そっ……そう……ですね」

アレク様のぎこちない声が聞こえてきた。無理やりしぼり出したような声だった。

（尊敬するお父様の意見だから、反論できないのね）

悶々としたまま食事が進んだ。カルロス君が最後のお茶をテーブルに置くと、公爵様は一枚の紙をアレク様に見せながらにこやかに言った。

「アレク。ひと月後までに、ヴィヴィアンさんと一緒にこの魔法陣を完成させなさい」

「なっ……、あちっ！」

紅茶を飲もうとしていたアレク様がカップをテーブルに落とし、右手に少し零している。

カルロス君が「何してんですか」とぼやきながら、アレク様に濡れた布巾を渡した。

「なんでですか！　俺は王都の巡回をしなきゃならないのに、このお……ヴィ、ヴィヴィアンと、魔法陣の勉強なんて！　なんの意味があるんですか？」

私からはアレク様の横顔しか見えなかったけど、彼は顔も耳も真っ赤だった。相当怒っている様子だ。

（今、「この女」って言いかけてたわね……。昨日も「お前」って呼ばれちゃったし。仕方ないけど、本当に嫌われてるわ……）

それでいいのだと思う反面、胸にナイフがぐさりと刺さったようにつらい。好きな人に嫌われるのはこんなに悲しいことだったんだと、初めて知った。

「王都の巡回は少人数でもさほど問題はないよ。さすがに禁域の巡回ではそうもいかないがね。お前はまだ見習いで禁域には入れないのだし、神聖魔法について深く学ぶ機会があってもいいだろう。ヴィヴィアンさんは大切なお客様だ。失礼のないようにするんだよ」

「…………分かりました」

かなり間をあけた返答で、しかも声がびっくりするぐらい低かった。不満に思っているのがありありと伝わってきて、怖くて顔を上げられない。

朝食のあと公爵様の出勤を見送ろうと玄関へ行ったら、カルロス君まで聖騎士の服で外へ出て行こうとする。

私は縋りつきたい気持ちで彼に話しかけた。

「あ、あの……、カルロス君もお仕事へ行くの？」

「はい、僕は付き合うように言われてませんので。アレク様のこと、よろしくお願いしますね」

公爵様とカルロス君はにこやかに手を振り、玄関ドアの向こうへ消えていった。しんと静まり返ったロビーに、私とムスッとしたアレク様だけが残される。

「……おい」

「はっ、はいっ⁉」

緊張しすぎて声が裏返った。

冷や汗をかいている私をアレク様はじっと見つめ、やがて言いにくそうにボソッと言う。

「朝、窓を開ける時は、着替えてからにしろよ」

「……え？　あ、やっぱり見られてると気が散りますか？」

「そうじゃ、なくて……」

違うらしい。じゃあ何を言いたいんだろうかと待っていると、彼は床を見ながらやたらモジモジしている。

「……俺はすごく、目がいいんだ」

「そうなんですか。便利ですね」

本当に何が言いたいんだろう。

まだピンとこない私に苛立ったのか、アレク様はヤケクソな感じで叫んだ。

「だからっ……と、年頃の娘が、薄っぺらい服のままで窓を開けるのはヤバイだろ！」

（あっ、そういうこと⁉）

やっと理解して、顔がかぁっと熱くなる。

あれだけ距離があればぼんやりとしか見えないだろうと思っていたけど、アレク様には私の姿がハッキリと見えていたのだ。

「ご、ごめんなさい！　変なもの見せちゃって……！　明日から気をつけますね」

あはは、と乾いた笑いで誤魔化そうとしたけど、アレク様は眉根を寄せて怪訝そうにしている。そしてひどく小さな声で言った。

「別に……変なものだなんて、思ってない。そのドレスも…………に、似合っ…………」

「えっ？　ドレスがなんですか？　やっぱり着替えた方が」

「なんでもない！　それより図書室へ行くぞ、資料になる本を探さないと！　父上はああ見えて結構厳しいんだ。丸一日サボったなんてバレたら、剣の稽古でボコボコにされる」

「それは大変だわ……！　急いで図書室へ行きましょう！」

歩き出そうとすると、アレク様がすっと手を差し出してくる。

（あっそうか、エスコートをしてくれるんだわ。図書室の場所はもう知ってるけど、それ

は内緒にしないとね）

私が手を握り返すと彼は少しびくりとして、そろそろと歩き出した。私に合わせたゆっくりとした速さで、廊下を曲がる時や階段を降りる時は振り返ってくれる。

その気遣いが嬉しくてにこっと笑うと、

「っ、ぐ……！」

アレク様の喉から変な声が出て、動きが急にぎこちなくなった。後ろ姿しか見えないけど、耳が真っ赤になっている。

（これって、もしかして……。今の私、いたいけな少年を誑かす悪女みたいになってない？）

だらしない姿でアレク様の気を散らす原因になり、言いにくいことでモジモジさせ、無駄に笑いかけて真っ赤にさせて。

（完全に振り回してるわ……！　こんなの駄目よ。今は私の方が年上なんだから、しっかりしなきゃ！）

もっと無愛想になった方がいいのかもしれない。なるべく無表情を心がけて歩いていくと、図書室のドアが見えてきた。

室内に入り、隅に置かれた机に公爵様から預かった紙を広げる。十年後のアレク様が書いてくれた手紙の一部だけど、聖クラルテ語ばかりで私にはほとんど読めない。

「この紙に書かれた聖クラルテ語の文章を魔法陣にするってことだな。――《秘匿された月の裏門を訪ねよ。さすれば汝は亜空の旅人となるだろう》……なんだ、転移の魔法陣の冒頭部分じゃないか。これなら本なんか見なくても覚えてるぞ」

（読めるの？　しかも転移魔法陣に関する文言って分かるんだ？　なんて賢いの……！　本物の公爵になるために、神聖魔法の勉強も頑張ったのね）

胸がじぃんとして、まるで息子の成長に感動する母親みたいな心境になる。

「でも文字量が少ないな。あちこち文言は省いてあるし、なんでか知らないけど図形が左右反転になってる。転移のまがい物みたいな感じだ」

「文字が少なくて、図形が左右反転……」

（そうだわ！　ダーリックの魔法陣も、月の図形が左右反転になってた！）

手紙の内容とダーリックが作った変な魔法陣の特徴は一致している。つまり私が元の世界に戻るには、あれと同じ魔法陣を用意しないと無理なのだろう。

「これ意外と大変かもな。転移と完全に同じなら楽だったけど、文字が少ないからバランスを考えないといけない。誰も知らない魔法陣を一から作っていく状況とほぼ同じだ」

アレク様は新しい紙を用意してまず円を描き、文言の配置を考え始めている。

「図形の位置を考えると、文字は外円の左端からだな。この文言はここに置いて……あ、駄目か。ここで神聖力が途切れて失敗する」

しかめっ面で紙を睨んでいるアレク様を見ていたら、申し訳ない気分になってきた。

「巻き込んでしまってごめんなさい。本当は私一人でやらないといけないことなのに……」

ぼそぼそと謝罪すると、アレク様が顔を上げた。青紫の瞳でじっと私を見ている。

「巻き込まれたなんて思ってないから気にするな。それより、お前に訊きたいことがある」

「……な、なんですか？」

やけに真剣な表情をされて、私までなんとなく身構えてしまう。

「お前の狙いは、父上の後妻になることか？」

「ごっ……⁉」

（昨日から視線がキツいと思ってたけど、そんな勘違いしてたの⁉）

「違います！　私がお庭に落ちたのはちょっとした事故で、ただの偶然なんです。後妻なんて狙ってません！」

「そっか。ならいいんだ」

心底安心した、という表情だった。あどけない少年の顔だから、クリスみたいで可愛いなぁと思ってしまう。

しかしほっこりしている私に、彼はとんでもないことを言い出した。

「俺にも可能性はあるか？」

「なんの可能性ですか？」

「お前が俺を好きになるっていう、可能性」

「…………は？」

思考が停止して、口をぽかんと開けたままになる。唖然とする私に気づくこともなく、彼は照れた様子で話し出した。

「昨日は考えないようにしてたんだけど、どうしてもお前のことが気になるんだよな。今は何をしてるかな、とか想像して……」

そして頬を赤く染めたまま顔を上げ、ハッキリと告げる。

「俺は多分、お前のことが好きなんだと思う。きっと一目惚れしたんだ」

「まっ、また!?」

「――また？　何言ってんだ？」

（あっ、しまった！　今のアレク様にとっては、これが本当の一目惚れなんだわ）

向こうの世界でも同じことを言われたけど、まさか十年前のことだったなんて。

（あれは嘘じゃなかったのね。でもここで気持ちを受け取るわけにはいかないし……）

「一目惚れって、一時的なものかもしれないでしょう？　もう少しお互いに知り合ってからの方が……」

「もうヴィのことは大体分かった。お前はすごく可愛くて、優しくて思いやりがあるい奴だ。俺がお前を好きになったのは当然だと思う」

「ちょっ、や、やめて……！　恥ずかしすぎて死にそうになるから！」

急にグイグイ来るからびっくりする。

俯いて恥ずかしさに震えていると、向かい側から不満そうな声が聞こえてきた。

「褒めてるんだからいいだろ。あとさ、もう一つ訊きたいことがあるんだけど……お前、婚約者とか好きな奴とかいるのか？」

宝石のように透きとおった瞳で、真っすぐに問いかけてくる。私は思わず唇を噛んだ。

（どう答えたらいいの？　いるって答えたら、アレク様は私への興味を失ってしまうかもしれないし……）

そうなれば、たとえ十年後の世界に戻れたとしても、二十四歳の彼は私のことなんかどうでもよくなっている可能性もある。

私は慎重に言葉を選びながら答えた。

「……今は、好きな人はいません」

屁理屈みたいだけど、これは嘘じゃない。私が好きになったのは二十四歳のアレク様で、彼はこの世界にはいないから、嘘をついたことにはならない……はず。

でもなんとなく純真な少年を騙している気がして、胸の奥が少し重くなった。

暗い私とは対照的に、アレク様の顔がぱぁっと明るくなる。

「じゃあ、俺がお前の恋人になってもいいよな？」

「い、いきなり？　色んな段階をすっ飛ばしてませんか？　それに……恋人とかは、もっと大人になってからじゃないと」

「せっかく好きな女を見つけたのに、大人になるまで待てって言うのか？　他の貴族には十歳で婚約してる奴だっているんだぞ。あいつら、暇を見つけてはデートしてる。恋人になるのに大人とか関係ないだろ」

（うぐぅ……！　十年前のアレク様もかなり弁が立つわ。公爵様が相手だったら、しぶしぶでも言うこと聞くくせに！）

すでに彼は十四歳の時点で、『表の顔』と『素』を使い分けている。公爵様の前ではいい子になり、私の前では完全に『素』だ。

（私だって、あなたの望みは叶えてあげたいって思ってるわよ！　でも……十年も待たせるのは、どう考えても残酷だわ）

ひと月しか一緒に過ごせないと分かっているのに、軽はずみに愛を誓って、十年後にまた会いましょう――なんて。そんなひとの心を弄ぶような悪女にはなりたくない。

「あの……。私ね、こちらでお世話になるのは一ヶ月だけなんです」

「一ヶ月も一緒にいられるのか。それならお前も俺のことを好きになるかもな！」

（ま、前向きすぎる……！）

「……あなたはまだ十四歳でしょう。これからいくらでも出会いがありますよ。一ヶ月しか一緒にいられない私を選ぶなんて、勿体（もったい）ないです」

自分ではかなり考えて言葉を選んだつもりだった。でも私の発言を聞いたアレク様の顔が瞬（またた）く間に険しくなる。

「……お前が俺の何を知ってるっていうんだよ」

腹の底からしぼり出したような声に、私はハッと息を呑んだ。

何かとんでもない失敗をしてしまったみたいだけど、どこが悪かったのかは分からない。

「あ、アレク様……？」

「俺は十年以上も王都に住んでるんだぞ。出会いなんか、今までにいくらでもあった！　それでもお前がいいって言ってるのにっ……勝手に俺を子ども扱いするな！」

そう叫んで、図書室から出て行ってしまった。乱暴に閉められたドアを呆然と眺（なが）める。

（何がいけなかったの……？）

いくら考えても分からなくて、しばらくぼうっとしたまま椅子に座っていた。

メイドがお昼ですと呼びに来てくれたけど、アレク様は食堂には来なかった。

目を開けると寝室の天井が見えた。カーテンから差し込む光が朝日のように眩しく、アレクは慌てて身を起こす。血まみれの上着はいつの間にか脱いだようだ。

隣の書斎へ行くと、カルロスが本を片手ににこやかに笑っていた。

「おはようございます、アレク様。よく寝てましたね」

「寝てましたね、じゃない。今は何時だ？　俺はどれぐらい寝ていた？」

「まだ夜明け直後ですよ。何も覚えてないんですか？　あなたは昨日の夕方に帰ってきて、玄関でぶっ倒れたんです。体が限界だったんで――って、どこ行くんですか？」

書斎から出て行こうとするアレクを、カルロスが引き止める。

「どこって、訓練室に決まってるだろ！　ヴィヴィを召喚するまで一日しかない。早く準備しないと……！」

「準備ならウィンザム様がやってくれてますよ。さすがにまだ終わってないでしょうけど、アレク様をゆっくり休ませるようにと言われてます。とりあえず風呂に入って、食事をとりましょう。準備はそれからにしないと、また倒れますよ」

一度倒れた以上あまり強がりも言えず、アレクはしぶしぶカルロスの言う通りにした。

テーブルに並べられた食事を黙々と口に運ぶ。

「神聖力、戻りました？」

「ああ、ほとんど回復してる。でもヴィヴィとの繋がりはさすがに切れたみたいだな」

「十年前の世界に行っちゃいましたもんね。今のところ記憶に変化はないですし、ヴィヴィアン様ならきっと大丈夫ですよ。アレク様の記憶も変わってないですよね？」

アレクは目を閉じて、十年前の記憶を掘り起こした。

「……変わってないな。ヴィヴィは俺たちが知っている通りの行動をしているようだ。父上から言われて、二人で魔法陣を作っている。……気まずい空気になったのも同じだ」

「恋人になってくれって頼むのが、早すぎたんですよ」

「仕方ないだろ、まだ子どもだったんだ。今だったら段階を踏んだ方がいいと分かるけどな……。でも目の前にいきなり可愛い女の子が現れて、しかも性格までいい子だったら普通に惚れるだろ。最初は『互換』の効果で懐かしいと感じるだけだったけど、次の日にはどうにかして俺を好きになってほしいと思ってたな」

アレクに近い地位の令嬢たちは、本当の貴族ではない彼を徹底的に冷遇した。だからなおさらヴィヴィアンに惹かれたんだろう――とカルロスは思ったが、口にはしなかった。

「あの時はヴィヴィを泣かせてしまって死ぬほど後悔した。彼女が戻ってきたら、俺の手で必ず幸せにしてみせる」

懐かしさに目を細めていたアレクは、食事が終わるなり立ち上がった。

「召喚の準備をする。絶対にヴィヴィを取り戻す」

「僕は聖騎士団本部に行って、団長は体調不良で寝込んでると知らせてきますね。まさか、十年前に飛んだヴィヴィアン様を召喚する準備してるなんて言えませんから」

アレクは「頼む」と答え、書斎から出て訓練室へ向かった。

十年後の部屋で私とアレク様が『互換』をした部屋は、訓練室と呼ばれているらしい。神聖魔法の訓練をするから訓練室なんだろうけど、十四歳のアレク様はそこに入ったまま何時間も出てこなかった。しかも内側から鍵を掛けてしまってるので、私も入れないのだ。

「アレク様、ヴィヴィアンです。さっきはごめんなさい。ここを開けてくれませんか?」

何度もドアの前でお願いしてるんだけど、全く鍵を開けてくれる気配がない。

(あの出会いがあるって言葉、そんなに言っちゃ駄目なことだったの？　でも、私には……他になんて言ったらいいか、分からなかったんだもの)

「……ごめんなさい。アレク様……」

嫌われてもいいと思っていたはずだった。でもここまで拒絶されるとは想像もしてなくて、頭の中がぐちゃぐちゃで……勝手に目が潤んでくる。

俯いて目をごしごし擦っていると、鍵が開く音がしてドアがほんの少し開いた。ハッと顔を上げると気まずそうな顔をしたアレク様が立っている。

「……ごめん。泣かせるつもりじゃなかった」

ポケットからハンカチを出して、私の頬を拭いてくれる。

(あの時の、可愛い聖紋のハンカチじゃないのね)

薄いグレーのハンカチだった。彼は私にそっと近寄って、額を私の肩にとんと置いた。

「……何も知らないお前に八つ当たりして、本当にごめん……」

十四歳のアレク様は私より身長は高いけれど、体が細くてどことなく頼りない。まるで大きくなったクリスに甘えられてるような気分になる。

思わず頭を撫でそうになり、ハッとして手を引っ込めた。

(子ども扱いするなって言われたんだったわ。気をつけないと……!)

彼はゆっくりと顔を上げ、潤んだ瞳で私を見つめている。何も言わないまま見守っていると顔がどんどん近づいてきて、危機を察知した私は彼の顔を手でぐいっと遠ざけた。

「何してるんですか?」

「いい雰囲気だったのに……」

「全っ然、いい雰囲気じゃない！　あなたが無理やりそういう流れにしただけ！　さあさあ、魔法陣の勉強を続けましょう！」

私はズカズカと訓練室に入った。

（まったく、油断も隙もないわ！　クリスも四年たったらあんな感じになるのかしら！　私が十四歳の時なんか……）

学校のことを思い出し、苦い気持ちになった。私は日々の暮らしで精一杯(せいいっぱい)だったけど、周りの同級生たちはもっとオシャレや恋を楽しんでいたはずだ。

婚約者から何をもらったとか、どこへ一緒に行ったとか、楽しそうに話す女生徒の姿はまだ記憶に残っている。

（普通の十四歳なら、そういうお年頃ってことなのかな。でも、いきなりキスはないでしょ。に、二十四歳のアレク様とだって、そんなことしてないのに！）

想像すると頭が爆発(ばくはつ)しそうで、私は深呼吸をした。落ち着こう。今は他にやるべきことがある。

室内を見渡すと中央に魔法陣を描くための陣布(じんふ)が置かれ、薄く下書きがされていた。

「アレク様が準備してくれたんですか？　ありがとうございます」

「まだ外円の部分しか終わってないけどな。かなり大きいから、歪(ゆが)みのない円にするだけで大変だった」

そう言いながら私の横に来て、赤っぽい髪の毛をひと房くいっと指に絡める。

「髪にキスするのはいいだろ？」

「それくらいなら、まぁ……」

やっと一つ目の階段をのぼった心地だった。まだ十四歳なのに三つも四つも階段を飛ばしてのぼろうとするから、私からするとついて行くのがしんどい。

アレク様が嬉しそうに髪にキスをするのを見ながら、私は内心で溜め息を漏らした。


少年アレク様は基本的に勉強が好きなのか、ややこしい魔法陣を作る作業でもマジメだった。二人で紙を睨みながら、ああでもないこうでもないと話し合う。

「あー、駄目だ。ここで文字が途切れる」

「この文字なんですけど、図形のすぐ横にあった気が……いえ、横がいいと思うんです」

「……ふぅん。悪くないかもな。じゃあ逆算すると、始めの文字はここだ」

ダーリックの魔法陣は完全には覚えてないけど、特徴的な形の文字なら思い出せる。そうして朧な記憶をもとに作業していると、またアレク様が私をじっと見ていた。

彼は時々、手をとめて私を見ていることがある。

「お前やっぱり、他の令嬢と違うな」

「えっ……」

田舎もんっぽいのかとギクッとしたけど、アレク様はあどけない顔で笑っている。

「俺が知ってる令嬢ってさ、面倒なことはなにもかも使用人任せなんだよな。こんな意味があるか分からない作業なんか絶対にしない。お前のマジメなところ、すごく好きだ」

「そ、そうですか。でもこれは私の仕事ですから」

「そろそろお前も俺を好きになってくれたか？　どうしたら俺に惚れてくれる？」

「あなたの努力家で勉強熱心なところは、すごく好きですよ」

にっこり笑って答えたけど、アレク様は不満そうだった。

そういう攻防をずっと続け、ようやく陣布に下書きが終わった頃。

「ギヌ液がなくなりそうだから、中層へ買いに行こう。ついでにデートしようぜ！」

十五日目の朝、食事が終わって作業を始めようという時にアレク様が言った。

ギヌ液というのは魔法陣を描くための特殊なインクで、専門店でないと買えないらしい。

「少ないなとは私も思ってましたけど……なんで、ついでにデート？」

「それくらいしてくれてもいいだろ？　俺にだってご褒美が必要なんだ。なあ、頼む。お前がデートしてくれないと、明日からやる気が出ないかもしれない」

そう言いながら、捨てられた子犬みたいな顔で見つめてくる。

「……分かりました。私もアレク様には感謝してますから、お礼も兼ねてデートしましょう。でも、公爵様の許可は」

「もうもらってる！　たまには息抜きもいいだろうってさ。すぐに行こう！」

「ちょ、ちょっと」

アレク様は私の手を引いて玄関まで行き、使用人に馬車を出すように命じた。

あっという間に出掛ける準備が整ってしまい、追い立てられるように馬車に乗る。

（だから今日はベストまで着てるのね。朝からやけに服装が整ってるなって思ったわ）

いつもの彼は白いシャツに黒の上下を着てるけど、今日はベストも着て、首元にタイまで締めている。

対して私はといえば、あまり飾り気のない薄い紫色のワンピースを着ていた。これもお母様の服なのでとても上品だけど、化粧が薄いので顔だけが不安だ。

「もっとお化粧してくればよかった……」

思わずぽつりと漏らすと、私の隣に座ったアレク様が不思議そうな顔をする。

「何言ってんだ、そのままで十分可愛い。むしろ化粧なんかしない方が可愛い」

「わ、分かったから……何度も可愛いって言わなくていいです」

（いたたまれない……！　本気で褒めてくれてるんだろうけど、ズバズバ言われるの恥ずかしい！）

もじもじしているうちに馬車は中層に入り、大通りの端で一緒に降りる。帰りは辻馬車を使おうとアレク様は言って、使用人を帰した。

「ん」

短い声になんだろうかと横を見れば、彼は左腕（ひだりうで）を差し出している。

（ああ、エスコートしてくれるのね）

ふふっと笑ってアレク様の腕に手を添（そ）えると、彼は目元を赤く染めて満足そうに微笑んだ。二人並んで、まるで本当の恋人のように道を歩いていく。

（こういうところは可愛いのよね。好きだな、とも思うけど……やっぱり二十四歳のアレク様に対する『好き』とは、ちょっと違うかも）

少年のアレク様も愛（いと）しいと思う。でもこの感情はどちらかと言えば、家族に対する愛情に近いような気がしていた。

（私、ちゃんと十年後のアレク様にたどり着けるのかな……）

またあの真っ暗な場所に行くのかと考えると、どうしても憂鬱（ゆううつ）な気分になる。

アレク様が帰る方法をしっかり調べてくれたんだから、きっと大丈夫――とも思うんだけど、私には一つ大きな不安があった。

（私がこの世界に落ちたのは、アレク様の神聖力に呼ばれたからなのよね。異空間で十年後の世界と繋がったとしても、他の世界からも呼ばれる感じがしたらどうしよう）

想像するのも恐ろしいけど、今度間違って他の世界に入り込んだら、私は元の世界に帰る方法を完全に失ってしまうだろう。

確実に十年後のアレク様の元へ帰りたい。でもその方法がまだ分からないのだ。

考えながら歩いていると、隣のアレク様が小さな声を漏らした。

「……あっ」

そしてなぜか私から離れ、道の端に寄る。もう本当に道のギリギリ端っこだ。

どうしたのかと追いかけようとした時、私とアレク様の間を三人の令嬢が通り過ぎた。

十二歳ぐらいで、派手な色のドレスを着た令嬢たちだ。

扇子で口元を隠し、アレク様を見ながら「ふふっ！」と楽しげに笑っている。

でも笑い方がなんと言うか……いじめっ子が誰かをバカにする時のような感じで、ムッとした私はアレク様の腕にぎゅうっと抱きついた。

「行きましょ、アレク様！」

底抜けに明るい声で言い、腕を絡めながら歩き出す。ちらりと振り返ると、三人は目を丸くして私たちを見ていた。

それで私の気分は少しスカッとしたけど、隣のアレク様は黙ったままだ。

（やっとアレク様が怒った理由が分かったわ。上位貴族の令嬢との出会いなんか、とっくに終わってたのね。つらい目にあってきたって知ってたのに……）

彼は十年後の世界で、「俺は本物の公爵じゃない」とつらそうに告白してくれた。

あの時に、令嬢たちとの婚約話で傷つくこともあっただろうと気がつくべきだったのだ。無神経なことを言ってしまった。

しばらく道を歩いていると店の数が増えてきて、目的地に到着した。神聖魔法に関する道具や本を売っている店だ。

上層にも同じような店はあるけど、この店の方が蔵書の数が多いらしい。

「ついでに本も見ていいか？」

アレク様はギヌ液の缶を持ったまま、神聖魔法に関する本がぎっしり入った本棚を興味津々という顔で眺めている。

私は「いいですよ」と頷いて、ついでに不安を払拭してくれるような道具がないか店の中を歩いてみることにした。

（……分かってたけど、そんな道具ないわよね）

神聖力の回復が早くなる、なんて怪しいペンダントが売られていたりするけど、さすがに異空間で迷子にならないグッズはない。……あるわけがない。

はぁ、と溜め息をついた時、店の外から私を手招きする人影に気づいた。視線をそちらに向け、「うげ」と呟いてしまう。

さっきの三人組だった。青、赤、黄色の派手なドレス。間違いない。

気づかない振りをしようと思ったけどしつこく手招きしているので、仕方なく店の外に出た。この人たちをアレク様に会わせたくないという気持ちもあった。

「何かご用ですか?」

店の横に細い道があり、私はそこで用件を聞くことにした。三人はなぜか憐れむような目で私を見ていたけど、しばらくして赤いドレスの令嬢が小さな声で言った。

「あのね、あなたは騙されていると思うの」

「……はい?」

なんの話を始めたのだろう。唖然としていると、他の二人も口々に話し出す。

「アレク様は確かにお顔はすごくいいけどね。顔だけの人よ? 本物の公子じゃないの」

「実の父親はどこかの平民って噂よ。あなた、それを知っていてお付き合いしてるの?」

「知ってるけど、それが何?」

平然と言い返すと、今度は三人が唖然とした顔になった。扇子をパタンと閉じて、慌てた口調で言う。

「し、知ってるって……。あなた、どこのご令嬢? あなたのお父様は了承してるの?」

「もっとよく考えた方がいいんじゃない? どこの馬の骨かも分からない男の血を引く人なのよ? そんな男に嫁ぐなんて、私だったら耐えられないわ」

「ちょっと、失礼なこと言わないで! 選んだ人を悪く言われるのは不愉快だわ。うちの家はあまり貴族らしくなくて、お父様は私の意思を尊重してくださる方なの。私とアレク様がどんなに仲良くなろうと、あなたたちにはなんの関係もないでしょ！」

やっぱり気分の悪い話だった。胸をムカムカさせながら店に戻ろうとすると、後ろから苛立ったような声が聞こえてくる。

「あなたがよくても、社交界には暗黙のルールというものがあるのよ！」

青いドレスの令嬢が、扇子を持った手をぶるぶると震わせていた。

「あの人はね、こともあろうに、ルシャーナ様との婚約を堂々と蹴ったのよ！　簡単に許されることじゃないわ！　ルシャーナ様は正統な公爵令嬢なのにっ……！」

「そうよ！　身のほど知らずもいいところだわ。せっかくマーカム公爵家から婚約を持ちかけたのだから、感謝して話を受けるべきだったのに。ルシャーナ様はショックで寝込んでしまったのよ！」

「私の前では侮辱されたと泣いておられたわ。可哀相なルシャーナ様……！　あなたもあの人と仲良くするのはやめなさい。でないと、社交界で居場所がなくなるわよ！」

（――ルシャーナが今の状況を作り出したんだ……！）

怒りで目の前が真っ赤になる。

「バッカじゃないの？」

気づいた時には本音が口から出ていた。三人はポカンとしている。

「ルシャーナとの婚約を断った？　当たり前でしょうが！　誰があんな高慢で性格がねじ

れた女に、大切な息子をやりたいと思うのよ！　ルシャーナが断られたのは、本人の性格が悪いから！　自業自得なの！」

叫びながら、店の壁についた土をこっそり手の中に握る。

「久しぶりに本気で腹が立ったわ……。あなたたちにはとっておきのプレゼントを贈ろうかしら。私の故郷ってすごく田舎だから、牛がたくさんいるのよねぇ……」

そう言いながら、握った拳からぱらぱらと土を落としてみせる。

「ねぇ、知ってる？　牛フンって乾くと、こんなふうに土そっくりになるのよ」

「う……嘘でしょ？」

「そ、そうよ。まさかそんな物を持ち歩いているわけが」

「じゃあ試してみましょうか！」

拳を振りかぶって投げようとすると、三人は「ぎゃああっ」と叫んで逃げていく。

「私は絶対にアレク様と別れないからね！　二度と彼に近づくんじゃないわよ！　近寄ったら牛フンを家に送りつけてやる！」

三人の背中に怒声をぶつけてから手を叩き、土を落とす。

（……まったく、どういう教育を受けて育ったのかしら！）

「おい、そんなとこで何してんだ？」

ギクッとして振り返ると、アレク様が紙袋を持って店の角に立っている。

（ま、まさか……脅しの現場を見られた⁉）

「いえ、その。猫がにゃあにゃあ泣いてて、可愛いなぁ～って撫でてたんです」

実際には猫じゃないし、全く可愛くもなかった。でも本当のことを話すわけにはいかないからヘラヘラと笑いながらアレク様の腕を取り、現場を離れようと歩き出す。

「さ、さあ、デートしましょう！　何か食べましょうか？　そろそろお昼ですね！」

あの店ですか、それともこっちの店ですか。指差しながらにこやかに話しかけてみたけど、アレク様は私の顔をじぃっと見て呟いた。

「……まぁ、いいか」

（どういう意味の「まぁいいか」なのよぉ！　まさか牛フンのシーン見ちゃったの？）

幻滅してますか？　――なんて、気になるけど訊けない。笑顔を張り付けたまま歩いていたその時、私は「あっ」と叫んで足をとめた。

「こっ、これ！　このハンカチ……！」

「ハンカチがどうかしたのか？　これ、男物だろ」

小さな店の軒先に置かれた台に、若草色のハンカチが一枚だけある。その瞬間、何もかもが繋がった。

（十年後のアレク様が持ってた、若草色のハンカチだわ！　あれは私がプレゼントしたものだったんだ！）

ようやくあの聖紋の意味が分かった。縁を繋ぐ草と、《帰還》を意味する聖クラルテ文字――あの聖紋は、私が十年後のアレク様に再会するために縫ったものだったのだ。

「お願いします、このハンカチを買ってください！」

「いいけど……誰にやるつもりなんだよ」

男物だからか、アレク様は不審そうな表情で若草色のハンカチを見ている。

「あなたに。でもその前に刺繍をしたいから、少しだけ私に預けてください」

その説明で安心したのか、アレク様は「分かった」と言ってハンカチを買ってくれた。

その後はサンタルク広場の出店でお昼を食べて、商店街をぶらぶらしながら過ごし、とっぷりと日が暮れてから屋敷に戻った。

公爵様からは「少し遅かったね」と言われてしまったけど、とても楽しいデートだった。

さらに十日が過ぎた。あれからもう一度アレク様とデートする機会があり、中層の公園に行った時に地面に生えていたシバツメ草を摘んで押し花にしている。それを参考にして、若草色のハンカチに聖紋を縫うためだ。

（この聖紋を付与したとしても、十年後のアレク様の元へ帰れるという確証はないけど……。今はこれに賭けてみるしかないわ）

ひと繋がりにするのは難しい作業だったけど、なんとか完成させることができた。

(問題は、このハンカチについてアレク様にどう説明するかなのよね)

聡明なアレク様は聖紋だと気づいて質問してくるだろう。中心に位置する《帰還》の文字に突っ込まれたらどう答えるべきか……。

悩んだ末に、聖紋が気にならないぐらい目を引く刺繍を反対側にも縫ってみた。

「アレク様、先日のハンカチです。遅れてすみません」

一日の作業が終わった頃に、後片付けをしている彼に畳んだハンカチを手渡す。

アレク様は「ああ」と言ってハンカチを受け取ってくれた。

「今日もお疲れさまでした！」

今がチャンスと逃げるように訓練室から出ようとしたけど、腕をがしっと掴まれる。振り返るとアレク様はハンカチを広げてしげしげと刺繍を観察していた。

「このダサい鳥……スズメか？」

「うぐっ……！　た、鷹です」

(なんでぇ⁉　最高にカッコいい、素敵な刺繍ができたと思ったのに！)

しかもアレク様は反対側の聖紋までしっかり見ていて、鷹の役目は一瞬で終了した。

「こっちは聖紋か？　葉っぱみたいなのはよく分からないけど、真ん中の字は《帰還》だろ。なんの効果がある聖紋なんだ？」

(うっ、ストレートに質問してくる……！)

「それは、あの……ほら、見習いから聖騎士になった時、禁域で魔物を討伐することもあるでしょ？　だから、無事に帰ってこれるようにって」

「そんな効果、聞いたこともないけど。じゃあこの葉っぱは？」

「か……飾りです。ただの。可愛いかと思って」

自分では完璧な笑顔を浮かべているつもりだった。でもアレク様が曇りのない目でじっと見つめてくるので、背中に嫌な汗がだらだらと流れる。

しばらく黙っていたアレク様がぽつりと言った。

「《帰還》なら、お前が持ってた方がいいんじゃないのか？」

「……え？」

彼はハンカチから視線をずらし、床に置かれた完成間近の魔法陣を見ている。

「ずっと疑問に思ってた。どうして父上は、俺とお前にこの魔法陣を準備するように言ったのかって……。父上は意味のないことをさせる人じゃない。俺には詳しいことは分からないけど、この魔法陣はお前が使うんだろ？　こんな怪しい魔法陣を使うんなら、ハンカチはお前が持ってた方がいい。もしかしたらお前を守ってくれるかもしれないし」

（気がついてたのに、何も聞かずに作業を続けてくれたんだ……）

その気遣いが嬉しくて、私は彼の言葉に頷いた。

「黙っててごめんなさい。私が帰るところは、この魔法陣を使わないと帰れない場所なんです。少し特殊な事情があって……」

「ずい分危ないことするんだな。無事に帰れたら手紙をよこせよ、どんな場所だろうとお前を迎えに行くから」

そう言いながらハンカチを私の手に握らせる。

「あの……これはアレク様が持っててくれないと、私も困るんですけど」

押し付けるようにハンカチをアレク様に持たせると、彼は理解不能という顔で私を見た。

「何言ってんだ？　どうして俺に《帰還》が関係あるんだよ」

「だから、それは……！」

（ああもう！　説明しにくいのに！）

先日の令嬢たちとの言い争いによって、私は自分こそがアレク様を一番幸せにできると確信していた。でもだからと言って、目の前の彼に「十年待っててください」なんて過酷な約束をさせるのは抵抗がある。

（向こうの世界に戻れたとして、まだあなたが私を好きでいてくれたら、私はあなたの気持ちにこたえるわ。でもこれは私の勝手な決意だから、あなたは何も気にせず自由に生きてほしい……）

「お願いだから、ハンカチはあなたが持っていてください。それは……目印なんです」

「――俺のところに、帰ってくるのか？」

やっとの思いで口にした言葉に、アレク様の声が重なった。核心を突く発言で、私はハッと息を呑む。

「初対面からお前は違和感だらけだった。俺を知ってるくせに、十四歳って聞いたらガッカリしてたな。中層の店で他の令嬢とケンカした時も、なぜか俺の事情を知ってるみたいだったし……。いきなり空中から現れたのは、転移が失敗したせいか？　お前はどこから――『いつ』からこっちに飛ばされて来たんだ？」

「う……」

もうほとんど真相に近いけど、ここまで追い詰められても私にはやっぱり答えられなかった。アレク様は真剣な表情でぐっと距離を詰め、私の頬を両手で包み込む。

鼻先が触れそうなくらい近づいてくるから、肩をびくっと跳ねさせてしまった。

「嘘はつくなよ。本当のことを教えてくれ。……お前は大人の俺を知ってるのか？」

真摯で切ない光を宿した瞳に、胸が苦しくなる。

（こんなの――嘘なんかつけるわけない）

「し……知って、ます」

茹でた芋みたいに顔が熱かった。十年後の彼と目の前の彼が重なり、心臓が痛いぐらいドキドキしている。アレク様は満足そうに頷くと私を解放した。

「こんな推測あり得ないだろうって思ってたけど、合ってたんだな……！　やっと納得できた。じゃあこのハンカチは、やっぱり俺が持っておく。——それで、何年後の俺のところに帰るんだ？」

　真相を知らぬがゆえの明るい笑顔に、私の心は一気にずんと重くなった。

（でも、もう誤魔化せないわ……。こんな真っすぐなアレク様を騙したりできないもの）

「じゅ…………十年後、です。この魔法陣からだと異空間に飛んじゃうって、十年後のあなたが調べてくれて。異空間に飛んだ私を召喚してくれることになってるんです」

「十年か。じゃあ二十四歳になったら、またヴィヴィに会えるんだな！　その時はちゃんと恋人になってくれてるんだろ？」

　嬉しそうで、しかも軽い口調だった。

　すごく簡単なことのように言うから、本当に理解しているのかと心配になってくる。

「ほ……本当に、分かってます？　私とあなたが次に会うのは、十年後なんですよ？　十年ってすごく長いのに……」

「長いだろうけど、俺にとっては無駄な時間じゃない。好きになった女を迎えにいくために努力できる時間だ。お前を守れるぐらい強くなってやる！」

　青紫色の瞳はキラキラしていた。迷いもなく、本気で言っているのだと伝わってくる。

（この時に、私を守ると決心してくれたのね。十年もずっとこの時のために準備をしていてくれたんだ……）

泣きたくなるくらい嬉しくて、少し切ない。目を潤ませていると、彼は小さな声で「あっ」と呟いた。

「前に好きな人は今いないって言ってたけど……あれってまさか、お前が惚れたのは十年後の俺ってことか？」

「そ、そうですけど」

「やっぱりそうか！　はぁ、なんか悔しいな。十年後の俺も俺なんだけど……！」

そう言うと私の手の甲にそっとキスをする。顔を上げた彼がなんだか大人びて見えて、胸がどきんと音を立てた。

「十年たったら、絶対に迎えに行く。そしてお前が……きみが惚れるくらい、いい男になってみせるからな。向こうの世界に帰れたら、俺の婚約者になるって約束してくれ」

「……わ、私でよければ……」

「よければ、じゃない。ヴィヴィじゃないと嫌なんだ」

笑うアレク様の顔は、私が知っている十年後の彼とほぼ同じだった。

「なあ、十年後の話を聞かせてくれ。俺たちはどうやって出会うんだ？」

「春装祭の最終日に、あなたが私を迎えに来るんです。聖騎士のあなたはサンタルク広場の警備をしていて、私はモデルになってて――」

急に大人になってしまった彼にドキドキしながら、私は十年後の世界のことを話した。

とうとう十年後へ戻る日を迎えた。私は聖女の服に着替えて、訓練室の中央に置かれた魔法陣の上に立っている。十四歳のアレク様と一緒に完成させたものだ。

すでに円の外側の霊点には、いくつか聖石が配置されていた。

「手筈通りに、日没と同時に魔法陣を展開させよう。向こうと繋がるのは、数分というわずかな時間のようだが……」

公爵様はそう言いながら、視線を魔法陣から私とアレク様へ移した。公爵様には、アレク様に真実を伝えたことを話してある。

「異空間で十年後の世界にたどり着くには、アレクの神聖力が共鳴する効果と、ヴィヴィアンさんが考えた聖紋が鍵になるだろう。あなたが無事に帰れるように祈っているよ」

「ありがとうございます、公爵様。一ヶ月間もお世話になって……」

震える声でお礼を伝えると、公爵様は優しげに微笑んだ。

「十年後の世界では、ぜひ私をお義父様と呼んでほしい。あなたを待っているからね」

はい、と答えたかったけど、私は黙ったまま頷いた。もう限界だった。今何か話したら、めそめそと泣いてしまいそうだ。

（置いて行くのは私だから……せめて最後まで、笑っていたい）

「ヴィヴィ。あの約束、ちゃんと守れよ。向こうに帰れたら、俺と婚約するっていうやつ」

「っ……分かって、ます、よ」

とうとうぽろっと涙が零れて、アレク様が指の背で優しくそれを拭ってくれる。

「泣くなよ。俺にとっては十年なんてあっという間だ。必ずきみを迎えに行くよ」

アレク様が笑顔で言った瞬間、とうとう太陽が沈んだ。公爵様の「時間だよ」の声で、二人は剣を霊点に突き立てる。

「聖石と私たちの神聖力が尽きるまで、魔法陣を展開させ続けるからね。もし十年後の世界が見つけられなかったら、こちらに戻ってきなさい」

「はい……！」

私が答えた直後、公爵様が詠唱した。

「《尊き石よ、其の力を以て転移を宣告せよ》」

魔法陣が光り出し、足元がふわりと浮かぶ。

（さようなら。十四歳のアレク様……）

涙でぼやける視界の中で、アレク様と公爵様はずっと微笑んでいた。

アレクは十年後の世界でようやく召喚の準備を終えていた。ウィンザムは王太子に呼ばれて、ダーリックが起こした事件の捜査をしている。

聖騎士団の団長は重症で寝込んでいるということになっており、そのしわ寄せが父に向かった状況だった。アレクとカルロスだけでヴィヴィアンの召喚を成功させなければならない。

魔法陣の微調整が予想以上に大変で、二人は訓練室の中ですでに徹夜していた。

「だんだん違和感が消えてきましたね」

「……そうだな。徹夜していなかったら、記憶の変化に気づかなかったかもしれない」

日付が変わる頃、二人は自分たちの記憶が変化していることに突然気づいた。

時間がたつごとにその違和感は弱まり、今では元からこうだったとさえ感じる。

「ヴィヴィが十年前の俺に、こっちの世界で何が起こったかを詳しく話してくれたんだ。春装祭で俺と出会ってから、異空間に転移するまでの全てを」

「それでヴィヴィアン様に関する部分だけ、記憶が書き換わったんですね。でも最後は同じですよね？」

「ああ、彼女は俺と約束を交わしてくれた。聖紋のハンカチもちゃんとここにある」

ヴィヴィアンならきっとこれに気づいてくれるだろう――その期待に賭けて手紙にはハンカチのことを記さなかったが、それで正解だったようだ。

アレクはハンカチを愛しそうに撫でて召喚魔法陣の中央に置いた。視線を上げると太陽はすでに沈みかけている。

「日没と同時に召喚を始める。計算上では、異空間において二つの世界が接近するのは最大でも五分ほどだった。でも可能な限り展開を持続させるぞ」

「ヴィヴィアン様が異空間で迷子になる可能性もありますもんね」

「聖石は限界を迎えて砕けるだろうが、そこからは俺とお前の神聖力が尽きるまで粘る」

「了解です」

カルロスの返答で剣を霊点に突き立てた瞬間、ハンカチの聖紋が淡く光り出した。

まるで召喚を促すかのようで、カルロスが慌てた声を出す。

「アレク様、ハンカチが……！」

「――本当にヴィヴィはすごいな。本番に強いのは間違いない」

アレクはふっと笑って呪文を詠唱した。

「《尊き石よ、其の力を以て我が望みを顕現させよ》」

もうすぐ愛しい人に再会できる。そう確信していた。

風も光もない空間に、赤い月がぽつんと浮かんでいる。

「またここに来ちゃった……」

先ほど私が出てきた球体——十年前の世界は、すでに遥か後方へ移動していた。

お義父様はまだ魔法陣を展開させているだろうけど、あれだけ離れてしまうと追いつくのは難しそうだ。

つまり、なんとかして十年後の世界を見つけるしかない。

(呼ばれるような感覚はいくつかあるけど……どれが十年後かは分からないわ)

異空間は距離感がおかしくて、アレク様の神聖力がすぐ近くで共鳴したかと思えば、急に離れたりする。

私は祈るように両手を組んで目を閉じた。

「お願い……私を《帰還》させて。あの人のところに、帰りたいの」

呟くように言ってから目を開けると、足元に小さな何かがぴょこんと生えている。

何もない空間だから生えるというのはおかしいかもしれないけど、確かに闇の中に小さな芽が——シバツメ草の芽が顔を覗かせていた。

「あっ……！」

慌ててその芽に触れた瞬間、ざぁっと音を立てて数え切れないほどの芽が現れた。根が伸び、茎が枝分かれして、瞬く間にシバツメ草の絨毯ができあがる。細長い道のような草の絨毯だ。

（もしかして……）

恐る恐る草の絨毯を歩いて行くと、先の方からアレク様の神聖力が共鳴する感覚があった。私を呼ぶ声もかすかに聞こえる。

──ヴィヴィ

「こ、この声……！」

だっ、と駆け出した。草に足を取られて転びそうになりながら、必死で道の先を目指す。

（アレク様の声だ。二十四歳の、アレク様の声だわ！）

いつの間にか私は泣いていて、足を踏み出すたびに暗闇に涙の水滴がふわふわと飛んでいった。

「アレク様、アレク様……！」

草の道の先に、陽光のように眩しく光る穴があいている。私を呼ぶ声はそこから聞こえてくる。迷うことなく光の中に飛び込んだ。

「ヴィヴィ！」

空中に出現した私を力強い腕がなんなく受けとめて、ぎゅうっと抱き締めてくれる。涙のせいでぼやけているけど、確かに大人のアレク様だ。

「……っ、ごめんなさい……！　ずっと、ずっと待たせて……！」

「おかえり。ちゃんと俺のところに帰ってきてくれたね」

愛しげに囁いて、私の額にキスを落とす。アレク様らしい仕草に安心して、また涙がこぼれた。

（変わってない……。私を好きなままのアレク様だわ。本当に元の世界に帰ってこれたんだ……！）

「よ……よかったぁ……」

眠そうな声に周囲を窺うと、カルロス君が床にうつ伏せて寝息を立てていた。今まさに眠りに落ちたらしい。

「徹夜したから限界だったんだろうな。少し待ってて」

アレク様はくすっと笑って私を床におろし、カルロス君を肩に担いでソファに寝かせた。そっとブランケットを掛けてあげると、安心したような穏やかな顔で眠っている。

「あとで誰かに頼んで、ここに簡易ベッドを運んでもらおう。召喚が成功したのはカルロスのお陰でもあるからな」

「私のために徹夜してくれたんですね。ありがとうございます」

「再会できて本当に安心したよ。十年前のあの日、ヴィヴィを見送ってからずっと心配だったんだ。ちゃんと向こうの世界に帰れたのかって」

アレク様は話しながら当然のように私を横抱きにして、部屋を出て廊下を進んでいく。途中で使用人にカルロス君のことを伝えて階段をのぼり、私の部屋を目指しているようだ。

「アレク様も徹夜したんでしょう？　私はそんなに疲れてないですから、もうおろしてください。あなたも自分の部屋で休んだ方が……」

「そう？　じゃあこのまま俺の部屋に行こうか」

「違っ、そうじゃなくて！　私は自分で部屋に戻るから……！」

ぎょっとして腕の中から出ようとしたけど、がっちり抱き締められててびくともしない。

（十年でさらにグイグイ来るようになったんだわ！）

とうとう廊下の突き当たりに到着し、扉が開かれた。書斎なのか、壁は床から天井まで本棚になっていて、窓際には大きな執務机がある。

「左側が寝室になってるんだ」

平然と言って寝室に繋がるドアを開けてしまった。口元をひくつかせたまま顔を動かすと、部屋の中央に置かれた巨大なベッドが視界に入る。急に心臓がうるさくなってきた。

「ちょっ、あの、本当に！　私は自分の部屋に戻りますから！」

「遠慮しなくていいよ、俺たちは婚約する仲なんだから。あの日に約束しただろ？」

「約束はしたけど！　……うひゃっ⁉」

叫んだ瞬間、ぽすんと寝台に置かれてしまった。私の両脇に手をついたアレク様の顔が迫ってきて、ひっと息を呑んで目を閉じる。

（…………あれ？）

しばらく待っていても、何も起こらなかった。そぉっと目を開けるとアレク様は私の隣に横たわり、見るからに眠そうな顔をしている。

「もうどこにも……行かないでくれ……」

そう囁くと、私の手を握ったままスヤスヤと眠ってしまった。なんだか拍子抜けして、はぁっと溜め息が漏れる。

（心配かけちゃったから、この状況も仕方ないのかな。私はあなたの前から二回も消えたんだものね）

今回の転移では、元の世界に戻って来れるという保証はどこにもなかった。

だからこそアレク様は先回りして必死に止めようとしてくれたんだろうけど、それでも私は十年前に転移してしまった。

（十四歳のアレク様には、私がちゃんと十年後の世界に戻れたかどうかなんて分からないわけだから……）

その状態で十年も待つなんて、どんなに不安だったことだろう。切なくてまた目が潤んでくる。

「ありがとう。ありがとう、アレク様……」

目を閉じたアレク様の顔はどこかあどけなくて、十四歳の彼の顔が重なった。手を伸ばしてそっと彼の頭を撫でてあげる。

（あの男の子が大人になって、約束通り私を迎えに来てくれたんだ……）

無性に愛おしくなり、何度も何度も撫でた。でもアレク様は目を覚まさなくて、私はずっとさらさらした黒髪に触れていた。

私は大事を取って一日のお休みをもらった。体調は悪くなかったけど、異空間を漂ったせいか時間の感覚が少しおかしかったのだ。

翌日は朝から王宮を訪れて、アレク様、クラリーネ様と一緒に王宮の隅にひっそりと立つ塔の階段をのぼっている。ここは罪を犯した貴人を軟禁するための場所らしい。

ここに来る前、アレク様から「ダーリックは地下牢にいる」とだけ教えてもらった。ダーリックの起こした召喚事件により多数の犠牲者が出たため、死罪はほぼ確定のようだ。地下牢に入るというのはそういう意味だった。

階段をのぼりきると頑丈な扉の横に見張りがいて、私たちの姿を認めると鍵を開けてくれる。内部は不思議な作りで、一つの大きな部屋が鉄格子によって分断されていた。

こちら側には何も置かれていないけど、鉄格子の向こう側には家具があり、絨毯やカーテンもある。見た目は応接間のような上品な部屋だ。

それだけに、部屋を分断する鉄格子や窓に嵌められた脱出防止の鉄柵が、異様な雰囲気を漂わせていた。

「あ、あなた……!?」

ソファに座っていたルシャーナが、驚愕した表情で立ち上がる。見開かれた水色の瞳は私だけを映していた。

「嘘よ……戻ってくるなんて、嘘でしょう!?」

「残念だけど、嘘でも幻でもないわ。ほら、実体があるでしょ？」

鉄格子を掴む白い手にそっと触れると、彼女はびくりと身を震わせて私から離れた。

青ざめた表情で立ち尽くすルシャーナに、アレク様が冷淡な声で告げる。

「まずはヴィヴィに謝罪したらどうだ？　お前がやったことは殺人未遂で、立派な犯罪だ。まあ謝ったところで許される罪じゃないがな」

「謝罪はしないわ。でも敗北したことは認めましょう。神はその女を選んだということだものね……。さあ、あたくしを処刑なさい」

「……よくもそんなことを堂々と言えたもんだな。お前は昔から何一つ変わっていない」

ルシャーナのものすごい上からな発言に、アレク様は唖然としたようだった。

クラリーネ様は表情を変えることもなく、黙って様子を窺っている。

「ルシャーナらしい発言ね。もし私が戻ったとしても、あなたは謝罪なんかしないだろうなって思ってたわ」

彼女は何も答えず、水色の瞳を憤怒で燃やしながら私を睨んでいる。呼び捨てにするなとでも考えているのだろう。

「もうあなたとは会わないかもしれないから、正直な気持ちを話すわね。……私、最初は回復魔法が得意なあなたのことをすごいと思っていたの」

そう言うと、ルシャーナの瞳が驚きに見開かれた。

「私は聖女になっても、しばらくの間は回復魔法も満足に使えなかった。実家が貧乏で、聖女になった理由の半分はお金だったし……。だからあなたのように、ちゃんと力のある聖女を立派だと思ってた。周囲の人に影響を受けて、少しずつお金のためじゃなく聖女としてもっと役に立ちたいって気持ちが強くなったの。その影響を受けた人の中にはあなたも入ってるから、今は感謝もしてるわ」

「やめてよ……！　あなたの感謝なんか屈辱なだけだわ！　あなたなんかっ……あなたさえいなければ、あたくしが大聖女になれたかもしれないのに！」

「――たとえヴィヴィアンさんが聖女になっていなかったとしても、私はあなたを大聖女に選ぶことはなかったでしょう」

まるで冷や水を浴びせるように、クラリーネ様が淡々と告げた。ルシャーナは口元をわなわなと震わせながらクラリーネ様を見ている。

「あなたには、大聖女になるために最も必要なものが欠けています。巡回の同行から聖女を外すことが、本当に大聖女がすべきことだと思いますか？」

怒りで頬が赤くなっていたルシャーナは、瞬く間に紙のように白い顔になった。

「大聖女に必要なものは、困難に立ち向かう勇気です。あなたはヴィヴィアンさんに協力して、聖職者を守るための聖紋を一緒に作るべきだったのです。そこに気づかないあなたには、大聖女になる資格はありません」

ルシャーナはがくりとうな垂れ、小さな声で「あたくしは……」と呟いている。

「……行こう。あとは本人の問題だ」

アレク様が言って、私たちは塔から出た。

本当の気持ちを言うと、私は過去に転移させられたことより、十年前のルシャーナがアレク様を追い詰めたことの方がよほど腹が立っている。

（でもアレク様はもう吹っ切れたみたいだから、過去をほじくり返すのはやめよう）

私は無事に帰ってきて、今は彼の隣にいる。その事実が震えるほど嬉しかった。

エピローグ

暦が六番月に変わった。キュロートの提案と聖紋開発が評価されて、私はめでたく報奨金を受け取り、幸福の絶頂状態で仕送りの手続きをした。

倹約家の父は今まで送ったお金を全てクリスの学費として貯金し、家の修繕などには充てていないらしい。きっと今も雨漏りの修理をしているだろう。

私とアレク様は旅行に出掛けるため、玄関でお義父様に挨拶をしていた。

「忘れ物はないかい？」

「大丈夫です、お……お義父様。必要なものは全部持ちましたので」

ぎこちなく「お義父様」と口にすると、嬉しそうに破顔されて少し照れくさい。

アレク様と私は一ヶ月の休暇を取得して、レカニアへ一緒に行くことになったのだ。

聖騎士団の団長であるアレク様が一ヶ月も仕事を休めるのは、お義父様が王都に滞在してくれるお陰で、さらに言えばカルロス君の支えがあってこそだった。

私の故郷へ行く目的はもちろん、婚約するための顔合わせだ。ほぼ事後報告だから父はかなり驚くだろう。

アレク様と同居を始めた時、ここまで同居が長引くとは思ってなかったから、手紙の送り先は教会本部の住所にしてほしいと父には伝えてあった。

教会本部には聖女のための寮があり、父も不審に思わなかったはずだ。だからこそ、アレク様を連れて帰ったら腰を抜かすほど驚くに違いない。クリスが小躍りする姿は容易に想像できる。

「では行ってまいります、父上。カルロス、父の補佐をよろしく頼む」

にこやかに手を振る二人に送り出されて、私たちは屋敷をあとにした。中層までは公爵家の馬車で送ってもらい、そこからは辻馬車を使ってのんびりと故郷へ向かう予定だ。

「すみません、アレク様。本当は転移を使った方が早いのに……」

「まだ転移するのは怖いだろ？　休暇はたっぷりあるんだから、気にしなくていいよ。それにこうして馬車で移動する方が、旅をしてるって気分を味わえる」

王都から馬車で五日もかかるレカニアへの最短ルートは、教会本部からレカニアの隣街にある教会へ転移する方法だった。

でも私はまだ転移することに恐怖心があったので、アレク様は馬車を使ってのんびり行こうと提案してくれたのだ。

護衛もなくて大丈夫かなと思ったけど、カルロス君いわく、フラトン最強の騎士に護衛なんか不要とのことだった。

むしろ護衛がアレク様に守られる事態になりそうだと。……確かにそうかもしれない。

中層で馬車を乗りかえて道を進んでいると、隣に座ったアレク様がタイミングを計ったかのように口を開いた。

「改めて確認したいんだけどさ。俺のことは、婚約してもいいと思えるくらい好きになってくれたんだよね？」

「っ……そ、そうですね」

いきなり的のど真ん中を狙うような質問に、心臓がドキンと大きく跳ねる。

（こういう遠慮のないところ、本当に十年前と同じだわ……）

心臓が無駄に跳ねるから、もう変な質問をぶつけてこないでほしい。しかし私の願いに気づく様子もなく、アレク様は十代の少年みたいなキラキラした瞳で問いかけてくる。

「俺のどういうところを好きになってくれたんだ？」

（ううっ……！）

「や……優しいところとか」

答えながらチラッと隣の様子を窺うと、彼は黙ったままうん、と頷いている。でも顔には「それで？」と書いてあって、曖昧な返答では満足してもらえないようだ。

説明するのは恥ずかしいけど仕方ない。

「私を過去へ転移させないために頑張ってくれたし、十年もずっと転移魔法のことを調べてくれて……。私のことを大切に想ってくれてるんだって、よく分かったので……」

「――俺もヴィヴィと同じだ」

予想もしていない言葉が返ってきて、きょとんとしながら隣に視線を向ける。彼は懐かしそうに目を細めて笑っていた。

「十年前にきみが俺のために本気で怒ってくれたのを見た時、この人のためなら命を賭けられると思った。心から好きになれる人を見つけられたのが嬉しくて、絶対に十年待って迎えに行こうと決めたんだ」

「アレク様……」

そんな風に思ってくれていたなんて、本当に嬉しい。

しばらくじぃんと感動する気持ちを味わっていたけど、彼はとんでもないことを言い出した。

「ところで、牛フンって乾くと本当に土みたいになるのか？」

「⁉ やっぱり最後まで聞いちゃってたの⁉ そこは忘れてほしかったのに……！」

無念そうに唸る私に、彼はニヤッと『素』の顔で笑う。

「あんな面白い言葉を忘れるわけないだろ。本当はあの時に訊きたかったんだけど、ヴィヴィが何も訊かないでって顔をしてたから我慢したんだ。下手なことを言ってきみに逃げられたら困るからな……」

くくっと楽しげに笑って、私の手に指を絡めてぎゅっと握る。

「でもここまで来たら、もう逃げられないだろ？」

「……っ⁉」

ぐっと顔が近づいたと思った瞬間、耳のすぐ横に柔らかな感触が伝わった。ちゅっという音まで聞こえて、一気に体温が上がる。

（きっ、キスされた⁉）

「……逃がすつもりもないけど」

耳朶をかすめるようにして低く艶やかな声が囁く。背中がゾクゾクして力が抜け、私は座席にグッタリともたれかかった。燃えてるみたいに顔が熱い。

そんな私をアレク様は楽しげに見ている。

（や、やっぱり腹黒い……！）

まさかアレク様の腹黒さが、十年前から始まっていたなんて。

指を絡めたまま嬉しそうに笑う彼の隣で、私はこっそり「早まったかも」なんて考えたのだった。

おわり

はじめまして、千堂みくまと申します。

この度は本作を手に取っていただき、誠にありがとうございます。

このお話は第五回ビーズログ小説大賞で入選した作品で、そこからブラッシュアップを経て出版に至りました。

改稿に当たって様々な助言をくださった担当様、そして思わずウットリしてしまう超美麗なイラストを描いてくださったゆき哉先生には、足を向けて寝られないほど感謝しております。ありがとうございます……！

この小説はビーズログ小説大賞の応募作なのですが、担当様の「アレクをもっとぶっ飛んだキャラに」という提案により彼は生まれ変わりました。いかがでしたでしょうか。

ファンタジー要素の濃い小説になりましたが、たくさんの読者様に楽しんでいただけたら嬉しく思います。

お読みくださり、本当にありがとうございました。またお会いできますように。

■ご意見、ご感想をお寄せください。
《ファンレターの宛先》
〒102-8177 東京都千代田区富士見 2-13-3
株式会社KADOKAWA ビーズログ文庫編集部
千堂みくま 先生・ゆき哉 先生

●お問い合わせ
https://www.kadokawa.co.jp/（「お問い合わせ」へお進みください）
※内容によっては、お答えできない場合があります。
※サポートは日本国内のみとさせていただきます。
※Japanese text only

ド田舎出身の芋令嬢、なぜか公爵に溺愛される

千堂みくま

2023年10月15日 初版発行

発行者　山下直久
発行　株式会社 KADOKAWA
〒102-8177 東京都千代田区富士見 2-13-3
（ナビダイヤル）0570-002-301
デザイン　みぞくちまいこ（cob design）
印刷所　TOPPAN株式会社
製本所　TOPPAN株式会社

ISBN978-4-04-737686-1 C0193

定価はカバーに表示してあります。

◇◇◇